수
라
왕 2

이대성 신무협 장편소설

dream
books
드림북스

수라왕 2

초판 1쇄 인쇄 / 2014년 1월 16일
초판 1쇄 발행 / 2014년 1월 24일

지은이 / 이대성

발행인 / 오영배
책임편집 / 편집부
펴낸 곳 / (주)삼양출판사 · 드림북스

주소 / 서울특별시 강북구 솔샘로67길 92
대표 전화 / 02-980-2112 팩스 / 02-983-0660
편집부 전화 / 02-980-2116 팩스 / 02-983-8201
블로그 / blog.naver.com/dreambookss

등록번호 / 제9-00046호
등록일자 / 1999년 3월 11일

ⓒ 이대성, 2014

값 9,000원

ISBN 978-89-542-5435-9 (04810) / 978-89-542-5433-5 (세트)

* 지은이와 협의하에 인지는 생략합니다.
* 잘못된 책은 구입한 곳에서 바꾸어 드립니다.

이 도서의 국립중앙도서관 출판시도서목록(CIP)은 서지정보유통지원시스홈페이지(http://seoji.nl.go.kr)와
국가자료공동목록시스템(http://www.nl.go.kr/kolisnet)에서 이용하실 수 있습니다.
(CIP제어번호: 2014000444)

수라왕

2

이대성 신무협 장편소설

dream
books
드림북스

차례

序章

곰곰이 생각해 보면 그는 대중적으로 상당히 인기가 높은 편이었다.

일단 여자들은 차갑고 고고한 분위기를 풍기는 그의 매력적인 외형에 빠져들었으며, 남자들은 절대적이고 완벽한 그의 강력한 무력을 노골적으로 동경하였다.

무림 어딜 가든 남녀노소 가리지 않고 그에 대한 이야기가 사방에 가득했으며, 그 모든 이야기들이 그를 대단히 호의적인 시선으로 바라보고 있었다.

한걸음 떨어져서 잘 따져 보면 이건 놀랍도록 흥미로운 대목이 아닐 수 없었다.

그가 소속되어 있는 단체는 무림에서 언제나 절대적인 공포의 대명사였고, 항상 피와 폭력에 관련된 두려움만을 주던 곳이었으니까.

하지만 단 한 사람 때문에.

그가 본격적으로 전면에 등장한 그 시점부터, 그 단체에 대해 천 년 가까이 이어져 온 세간의 평가가 완전히 뒤집어졌다.

나는 그에 대한 정보를 과거부터 현재에 이르기까지 하나하나 조사해 가면서 그의 생각을 읽어 보려 노력했고, 그가 앞으로 나아가고자 하는 방향을 알아보았다.

내가 아까운 시간을 투자하면서 이렇게까지 한 이유는 지극히 간단했다.

지금부터는 그의 움직임과 생각에 따라 무림 전체가 변화하게 될 것이 확실했으니까.

수라왕 초류향.

단언컨대, 앞으로의 백 년은 그의 시대가 될 것이다.

—강호서열록의 저자 냉하영의 회고록에서 발췌

第一章

만남

둘의 첫인상은 서로에게 꽤나 흥미로운 것이었다.

'저 아이가 야황의 손녀라 이거지…….'

배에 오르기 전 엄승도에게서 들은 말이다.

초류향은 안경을 고쳐 쓰며 냉하영을 자세히 관찰했다.

구주십오객 중에서도 최고라 손꼽히는 삼황이다.

그중 한 명인 야황의 손녀라……. 자연 시선이 갈 수밖에 없었다.

초류향은 호기심이 생겼다.

그래서 자신도 모르게 정관법을 사용해서 냉하영을 살폈다.

한편, 냉하영은 다른 의미로 초류향을 살피고 있었다.

'안경을 쓰고 있네.'

이때 당시의 안경은 매우 귀한 물건이라 아무나 쓰고 다닐 수 없었다.

그런 물건을 쓰고 있는 저 소년은 누굴까?

천마신교와는 무슨 관계지?

소년에 대한 호기심이 발동한다.

기련산으로 향하는 배에 손님으로 오른 것이라면 아무래도 천마신교와 관련이 있을 것이다.

하지만 소년이나 동행한 노인에게는 무공을 익힌 흔적이 없다.

무림인이 아닌데도 엄승도는 자신들의 동행에 대해 저들의 허락을 구할 만큼 귀한 손님으로 모시고 있다.

그랬기에 호기심과 함께 의아함이 생겼다.

'대체 저 노인의 정체는 뭐지? 옆에 있는 소년은 누구고? 저들을 데리고 기련산에는 대체 무슨 일로 가는 거야?'

언뜻 보아도 이 배의 선주라는 자는 절정 고수 이상이었다.

그런 절정의 고수를 호위로 두고 기련산으로 가는 노인과 소년.

확실히 뭔가 있을 것이다.

냉하영은 자신이 가지고 있는 정보들을 빠르게 떠올려 보았다.

이곳 무릉 나루에서 배를 타면 곧장 감숙성으로 갈 수 있다.

감숙성에 도착하여 그곳에서부터 하루 반나절 동안 마차를 타고 가면 곧장 기련산의 초입 부분에 들어설 수 있다.

그럼 이들의 목표는 두 번 생각해 보지 않아도 기련산이라는 소리다.

기련산에서 천마신교가 지금 무언가를 하고 있다는 것은 이미 알고 있었다.

벌써 강호 전체가 그 소문으로 들썩거리고 있었으니까.

다만 천마신교가 구체적으로 뭘 꾸미고 있는지 모를 뿐이다.

'천마신교가 기련산에서 얻으려는 건 대체 뭘까?'

굳이 정도맹의 세력권에 들어와서 위험을 감수하면서까지 벌이는 일이 뭘까?

'뭔지는 몰라도, 그만한 이유가 있을 거야. 그러지 않고서야 천마신교가 이런 위험을 감수할 리 없으니까.'

냉하영은 생각에 생각을 더하며 깊은 상념에 잠겼다.

저 노인과 소년은 그 일과 연관이 있는 사람일까?

직접적이든 아니든 모종의 연관성이 있을 것이다.

그때 누군가가 다가와 냉하영에게 외투를 조심스럽게 덮어 주며 말했다.

"소군주, 아직 바람이 찹니다. 이만 선실로 들어가시지요."

호위 무사로 보이는 사내의 말에 그녀는 깊은 상념에서 벗어날 수 있었다.

"본 회에서도 이번 기련산 사태에 인원들을 보내고 있나요?"

"예. 상동하(想董河) 장로가 직접 은월대(隱月隊)를 이끌고 온다는 것으로 알고 있습니다."

냉하영은 눈을 반짝였다.

상동하 장로는 고수였다.

그것도 흑월회에 속한 화경의 고수.

구주십오객 중에서 추혈군(追血君)으로 불리는 자가 바로 그였다.

"잘됐군요."

냉하영은 웃었다.

이번 천마신교의 행사에는 무언가 심상치 않은 것이 섞여 있었다.

정보가 부족하여 그것이 무엇인지까지는 알아낼 수 없지만, 끈질기게 파헤치다 보면 뭔가 나올 것이다. 물론 그에 따른 위험부담도 있겠지만 그것은 상동하 장로가 알아서 할 문제이다.

상동하 장로는 아버지를 괴롭히는 장로들의 우두머리다.

냉하영은 차라리 이번 행사에서 그에게 무슨 일이 생겼으면 좋겠다는 생각이 들었다.

"무엇이 잘되었다는 말씀이십니까?"

"아니에요. 그냥 혼잣말이었어요."

냉하영은 잠시 초류향을 바라보다 이내 시선을 거두고 선실 안으로 몸을 돌렸다.

조기천은 갑판에 우두커니 서서 무언가를 생각하는 제자를 보며 흐뭇하게 웃었다.

또래의 여자아이에게 초류향이 시선을 빼앗겼다고 생각한 것이다.

"예쁜 아이더구나."

스승의 말에 초류향이 멀뚱거리며 조기천을 바라보았다.

초류향의 관심사가 다른 데 있다는 걸 조기천은 알지 못했다.

초류향의 머릿속이 경악으로 가득 차오른 것 역시.

'칠십구……'

여태껏 초류향이 정관법으로 보았던 사람들 중 단연 최고의 수치를 보여 주었던 소녀.

초류향에게는 그것이 너무도 강렬한 인상으로 다가왔다.

그때 넋 놓고 있던 초류향을 향해 조기천이 소매에서 무언가를 꺼내 보이며 입을 열었다.

"이것을 한번 보겠느냐?"

초류향은 스승이 건네주는 종이를 받아 보았다.

거기에는 숫자들이 어지럽게 배열되어 있었다.

"이것은……."

초류향은 정신을 가다듬고 숫자가 배열된 종이를 뚫어지게 바라보았다.

그리고 나직하게 감탄했다.

"이건 말(言)이군요."

조기천은 웃으며 고개를 끄덕였다.

"그래. 앞으로 이곳에서 제대로 된 이야기를 나누지 못할 때 사용할 너와 나만의 암호가 되겠지."

이 숫자의 의미를 알아보는 사람은 아마 세상에 그의 제자와 그밖에 없을 것이다.

마차로 이동을 하면서 조기천은 줄곧 고민했다.

솔직한 말로, 천마신교의 사람들은 아직 믿을 수가 없었다.

한데 제자와 비밀스럽게 하고 싶은 이야기는 갈수록 많아진다.

저번에 진법을 발동시킨 방법이나 그 안에서 파훼보를 걸었던 비결 등등, 물어보고 싶은 것도 참으로 많았고 알려 줘야 할 것도 많았다.

하지만 마땅한 방법이 없었다.

그래서 고민에 고민을 거듭하다가 생각한 것이 바로 이 방법이다.

그리고 역시 똑똑한 제자는 그것을 한 번에 알아봐 주었다.

그 사실이 조기천에게 큰 기쁨으로 다가왔다.

지금까지 그는 산법에 평생을 바쳐 왔지만, 그가 만들어 낸 일련의 결과를 알아봐 주는 사람은 아무도 없었다.

그런데 제자는 바로 알아봐 주었다.

거기에서 어떤 보람을 느끼는 것이다.

"제자도 저들의 시선 때문에 그동안 묻고 싶은 게 많았는데 묻지 못했습니다."

"앞으로 이 방법을 쓰면 될 게다."

초류향은 스승의 발상에 감탄했고, 스승 역시 제자의 뛰어난 안목에 흡족해했다.

그렇게 스승과 제자는 세상에서 오로지 그들만이 소통할 수 있는 산법으로 된 언어를 만들었다.

*　　　*　　　*

'수상한데.'

초류향과 조기천이 선실에 틀어박혀서 무언가 쑥덕거리고 있었다.

엄승도는 둘이서 뭘 하고 있나, 하는 궁금증에 슬쩍 들여다보았다가 기겁을 하고 물러서야 했다.

'미친놈들.'

둘은 종이 한가득 숫자들을 적고 그것을 교환하며 무언가를 계속 풀어 대고 있었다.

제자라는 놈은 연신 감탄을 터트리며 무언가를 받아 적고, 스승 역시 흡족한 얼굴로 제자가 받아 적은 것을 조심스럽게 옆에 챙겨 놓고 있었던 것이다.

'정말 이해할 수 없는 종자들이다.'

엄승도는 그들만의 세상에 끼어들 엄두도 내지 못한 채 고개를 휘휘 젓고 잠을 청했다.

본래는 개인 객실을 사용할 예정이었지만 예상 밖의 손님들 때문에 조기천과 함께 방을 써야 했다.

조기천과 초류향이 엄승도를 불편해하는 걸 알고 있지만 그것은 엄승도 역시 마찬가지였다.

자신을 신용하지 못하는 사람들과 함께 있는 것 자체가 곤욕인 셈이다.

게다가 그들의 수발을 들어줘야 하는 입장에서는 이만저만 번거로울 수밖에 없는 일이었다.

엄승도가 억지로 잠을 청하고 있을 무렵.

조기천과 초류향은 진법 공부에 한창이었다.

물론 모든 대화는 그들만의 언어인 산법으로 이루어졌다.

—진법이라는 놈은 매우 섬세한 녀석이다. 조금이라도 계산상의 착오가 있어 지정된 방위를 벗어나면 발동되지가 않지. 사람으로 치면 매우 예민한 놈이지. 그렇기 때문에 정확한 계산이 필요하다.

조기천은 제자에게 그렇게 말을 한 후 잠시 뜸을 들이다가 다시 무언가를 종이에 적어 갔다.

　　—한데 네가 사용하는 방법은 보통의 것과 그 궤를 완전히 달
리하는 것이다. 세상에서는 충분히 이단이라 부를 수도 있는 방
법이지. 그러니 남들에게는 가급적이면 숨기는 편이 좋을 듯싶
다.

　보통의 진법은 천지의 기운을 담고 있는 보석을 핵(核)으로 사용하
여 발동시킨다. 그렇게 진법이 발동되면 절로 천지의 기운이 모여 기
문(奇門)이 열리고, 그곳을 중심으로 인위적인 공간이 생기는 것이다.
　하지만 초류향이 진법을 발동할 땐 그런 것이 전혀 없었다.
　도대체 어떻게 한 건지는 모르겠지만 기문을 먼저 열고 그곳에 핵을
올려놓는 방식이었다.
　순서가 바뀌었으니 기존의 방식과 궤를 달리한 것이다.
　그런데 그렇게 발동되는 진법은 기존의 것보다 훨씬 강력하고 완전
해 보였다.
　게다가 초류향의 방식대로라면 장소에 상관없이 어떤 제약도 받지
않고 짧은 시간 안에 진법을 완성할 수 있다는 말이 된다.
　실로 엄청난 일이다.

　　—정관법이라 했더냐?

　　—예.

—그것을 너에게 가르쳐 주고 사라졌다는 노인에게 감사해
야 할 것이다. 넌 천고의 기연을 얻은 게다.

초류향은 고개를 끄덕였다.
자신도 그렇게 생각하고 있었다.
단지 조금 마음에 걸리는 것이 있다면 지금 그의 머릿속에 살고 있
는 노인의 정체를 스승님에게도 숨기고 있다는 점이었다.
노인이 당부했기에 어쩔 수 없다지만 마음이 계속 불편했다.

　—네 방식이 훌륭한 것이긴 하지만 전통적인 방식도 배워 두
면 좋을 것이다. 네 방법에 전통적인 방식을 응용한다면 또 다
른 발전이 있을 게다.

초류향은 고개를 끄덕였다.
방법은 다르지만 둘의 요체는 같았다.
초류향과 조기천은 그렇게 하루 종일 선실에 붙어서 진법 연구에 매
진했다.

*　　　*　　　*

'피곤하다.'
초류향은 충혈된 눈을 비비며 갑판으로 나왔다.

저 멀리 하늘이 어슴푸레 밝아지고 있는 것을 보니 대충 새벽쯤인 모양이었다.

스승님은 주무시고 엄승도 역시 자고 있었다.

초류향도 피곤함에 지쳐 자리에 누웠지만 이상하게도 잠이 오지 않았다.

갑판 난간에 기대어 서서 차가운 강바람에 몸을 맡겼다.

그러자 어느 정도 피곤이 가시는 듯했다.

안경을 벗어 소매에 넣으며 초류향은 난간에 기댄 채 눈을 감았다.

스승님에게 배우는 진법은 확실히 재미가 있었다.

그가 모르던 세계에 한 걸음 더 다가간 듯해서 즐거웠고, 이런 식으로 산법에만 집중할 수 있다는 사실에 기쁨을 느꼈다.

누가 뭐라 해도 초류향은 역시 산법이 좋았다.

그리고 자신에게 필요한 재능을 내려 준 하늘에 감사했다.

초류향이 그렇게 강바람에 몸을 맡기고 있을 때 누군가 소리 없이 그에게 다가왔다.

"아직은 강바람이 차가운데 새벽부터 왜 나와 있어?"

초류향은 퍼뜩 정신을 차리고 눈을 떠 보았다.

그녀였다.

냉하영이라 불리는 야황 냉무기의 손녀.

"설마 내가 혼자만의 시간을 방해했니?"

초류향은 소매에서 안경을 꺼내 쓰며 덤덤하게 입을 열었다.

"조금은."

냉하영은 초류향의 말에 배시시 웃으며 말했다.

"아직 어리구나."

초류향은 눈살을 찌푸렸다.

그가 어린 것은 맞지만 너무 뜬금없는 말이기 때문이다.

냉하영은 그런 초류향의 옆 난간에 기대어 서며 말했다.

"이렇게 예쁜 여자가 조심스럽게 물어볼 때는 그냥 아니라고 말해야 하는 거야."

"왜?"

"그게 어른이니까."

초류향은 고개를 갸웃거렸다.

"어렵네."

"그럼, 어렵지. 아주 많이."

초류향은 붉게 타오르는 태양 때문에 붉어진 얼굴을 하고 있는 냉하영을 바라보았다.

냉하영 역시 초류향을 뚫어지게 바라보고 있었다.

"물어봐."

초류향이 밑도 끝도 없이 불쑥 말하자 냉하영은 눈을 동그랗게 떴다.

"어떻게 알았어?"

초류향은 피식 웃었다.

"그렇게 궁금한 얼굴을 하고 있는데 몰라보는 게 오히려 이상하지."

냉하영은 고개를 끄덕였다.

그리고 솔직하게 말했다.

"이 누나가 사실 기회를 엿보고 있었거든. 어떻게든 너랑 대화할 틈을 만들 수 없을까 계속 노리고 있었어. 이 새벽까지 잠도 안 자고 말이야……."

누나?

초류향은 왠지 모르게 반발심이 생겨났지만 그냥 덮어 두기로 했다.

"그럴 것 같았어."

"도대체 어떻게 알고 있는데?"

냉하영이 궁금한 얼굴로 묻자 초류향은 그녀의 눈을 보며 말했다.

"좀 전에 알았지."

"어떻게?"

초류향은 안경을 매만지며 입을 열었다.

"어느 한 명이 일부러 기다리지 않는 한, 이 새벽녘에 단둘이 갑판에서 마주치는 우연은 쉽게 일어나지 않았을 테니까. 그건 대단히 낮은 확률이거든."

냉하영의 얼굴에 미소가 그려졌다.

"그럼 처음부터 우연이라고 생각하지 않았던 거네? 이 누나는 되도록 우연을 가장해서 자연스럽게 접근하고 싶었는데."

"그런 우연은 세상에 좀처럼 없지."

"너 솔직해서 참 좋다."

초류향은 자연스럽게 다가와 다짜고짜 말부터 놓는 이 소녀가 이상하게 싫지 않았다.

그래서 약간 느슨한 얼굴로 입을 열었다.

"그래서 뭐가 궁금해?"

"네 정체. 그리고 천마신교가 꾸미고 있는 일."

초류향은 아무 말 없이 냉하영을 똑바로 바라보았다.

냉하영 역시 그 시선을 피하지 않았다.

외모며 분위기로 봤을 때 상당히 직설적인 성격일 것 같긴 했다.

하지만 이렇게 단도직입적으로 당돌하게 물어볼 줄은 미처 예상 못했다.

"왜? 아, 이건 대답하기 곤란한 질문인가?"

"아니."

"그런데 왜?"

왜 망설였을까?

잠깐 생각하던 초류향은 그 이유를 떠올리곤 자신도 모르게 웃어 버렸다.

"세상에 공짜는 없지."

등가교환이다.

주는 것이 있으면 그에 상응하는 어떤 것을 얻어야 했다.

그것이 거래.

냉하영은 초류향의 말에 고개를 끄덕였다.

맞는 말이었다.

이 세상에 공짜는 없다.

거기까지 생각하다가 불쑥 무슨 생각이 들었는지 냉하영은 얼굴을 찌푸리며 말했다.

"그런데 이 누나 같은 미인이 물어보는데도 공짜가 아니니?"

"……"

초류향은 잠깐 기가 막힌다는 얼굴을 해 보였다.

"미인인 거랑 그거랑 무슨 상관이 있지?"

"어? 그 말은 이 누나가 미인인 건 인정한다는 거네?"

냉하영이 기쁜 듯이 웃으며 장난스럽게 묻자, 초류향은 물끄러미 그녀의 눈을 바라보다 곧 그녀를 위아래로 훑어보았다.

마치 소를 품평하기라도 하듯 샅샅이 살펴보고 난 초류향은 고개를 끄덕였다.

"미인이긴 하군. 하지만 그건 거래에 아무런 영향을 못 주는 거야."

냉하영은 한숨을 내쉬었다.

"그러니까 네가 아직 어린 거야."

또 그놈의 나이 타령이다.

초류향은 안경을 고쳐 쓰며 말했다.

"나 어린 거 맞아. 그러니까 공짜는 안 돼."

단호한 초류향의 말에 냉하영은 내심 혀를 찼다.

생각보다 쉽지 않은 상대였다.

어린애라는 말로 자극해 낚을 수 있는 단순한 꼬마가 아니다.

냉하영은 다시 한 번 한숨을 내쉬며 말했다.

"돈 필요해? 누나가 돈 줄까?"

"돈이 많은가 보네."

"그럼, 아주 많지."

초류향은 냉하영의 천연덕스러운 대답에 피식 웃어 버렸다.

"그런데 이건 돈으로 거래될 문제가 아니지. 잘 알고 있을 텐데?"

상대방의 신분도 알고 있고, 그녀가 물어보는 질문에 대한 대답이 어느 정도의 값어치인지도 짐작이 갔다.

그렇다면 그에 상응하는 것을 받아야 하는데 초류향은 돈으로 타협할 생각은 없었다.

냉하영은 아쉬운 얼굴로 웃어 보였다.

"너 생각보다 똑똑하구나? 어린데 제법 거래도 할 줄 알고."

"똑똑해지려고 열심히 공부했거든."

냉하영은 초류향의 대답에 낮게 웃어 버렸다.

생각보다 재미있는 아이였다.

그녀는 말했다.

"그래, 뭘 원해?"

드디어 기다리고 있던 질문이다.

초류향은 안경을 고쳐 썼다.

어쩌면 평소 무림에 대해 궁금하게 여겼던 것을 이 기회에 해소할 수 있을지도 몰랐다.

"내가 원하는 건……."

초류향의 말을 끝까지 듣던 냉하영의 얼굴에서 처음으로 여유로움이 사라졌다.

*   *   *

'쥐방울만 한 것들이 아주 놀고들 있네.'

어둠 속에 몸을 숨긴 사내.

엄승도는 초류향과 냉하영의 대화를 엿들으며 자신도 모르게 피식 웃고 말았다.

초류향은 그가 자고 있다고 생각하겠지만 그건 착각이다.

절정의 경지에 이른 엄승도다.

그는 초류향이 조심조심 밖에 나가는 그 작은 기척을 귀신같이 알아채고 쫓아온 것이다.

처음에는 그냥 바람을 쐬는 것 같아서 조용히 돌아가려다가 냉하영이 뒤따라 나오는 것을 보고 기척을 숨긴 채 지켜보고 있었던 것이다.

고만고만한 어린 것들이 어른 행세를 하겠다고 티격태격하는 모습이 제법 귀여워 보여서 가만두고 있었는데, 갑자기 미쳤는지 천마신교

의 비밀을 두고 장사치처럼 흥정을 하고 있지 않은가?

'지금 나가서 이 건방진 꼬맹이들을 확 조져?'

엄승도는 속으로 진지하게 그런 고민을 했다.

하지만 초류향은 그럴 수 있다고 해도 냉하영은 함부로 대하기엔 부담스러운 존재였다.

그녀의 배경이 문제다.

그렇다면 어떻게 해야 하나?

엄승도가 이렇게 고민하는 동안에도 초류향과 냉하영의 대화는 계속됐다.

"그동안 무림에 대해서 한 가지 궁금한 것이 있었어."

"뭔데? 이 누나가 알고 있는 거면 알려 줄게."

냉하영의 대답에 초류향이 뭔가 물으려고 입을 열기도 전, 더 이상 보고만 있을 수 없다는 듯이 엄승도가 끼어들었다.

『섣부른 짓은 하지 마시지요, 어린 도련님. 본 교는 그렇게 만만한 곳이 아닙니다.』

초류향은 갑자기 들려온 전음에 석상처럼 굳어 버렸다.

마치 불장난하다 들킨 어린아이처럼 얼굴이 사색이 되었고 등 뒤로는 삐질삐질 식은땀이 흘렀다.

'깨어 있었던가?'

천마신교의 인물과 한 배에 타고 있다는 것을 잠시 잊고 있었다.

마음만 먹는다면 강호 전체를 피바다에 잠기게 할 수 있을 만큼 패도적인 무력을 지닌 집단.

그들과 한 배를 타고 동행하는 지금, 천마신교에 관한 이야기를 함부로 입에 올리는 행동은 현명한 처사가 아닐 것이다.

초류향은 그렇게 생각을 정리하고 입을 꼭 다물었다.

"왜 그래?"

"……실수할 뻔했거든."

초류향은 씁쓸하게 웃었다.

어딘가에서 엿듣고 있을 엄승도를 생각하니 신경이 곤두서기 시작했다.

'처음부터 숨어서 엿듣고 있었다는 말인가?'

왠지 감시당하는 느낌이 들어 기분이 나쁘다.

초류향의 그런 똥 씹은 표정을 보고 있던 냉하영이 눈치 빠르게 물었다.

"누가…… 있어?"

"……."

냉하영은 초류향의 침묵에 주변을 꼼꼼히 살펴보았다.

'없는데.'

무공도 모르는 초류향이 뭔가 알아낸 것 같은데 자신은 모른다?

그녀는 눈살을 찌푸리며 감각을 최대한 확장해 보았다.

하지만 그녀의 능력으로 숨어 있는 엄승도를 찾아내는 일은 애당초 불가능했다.

"나오시지요."

냉하영이 불쾌한 감정을 실어 말했지만 엄승도는 애초에 나갈 생각이 없었다.

'미쳤냐, 내가 왜 나가.'

어린애들 훔쳐보다 군이 나가 봐야 볼썽사나워 보일 뿐이다.

그렇게 생각한 엄승도는 신형을 드러내지 않았다.

오히려 더 은밀하게 기척을 감추었다.

은신술을 최대한으로 발휘한 것이다.

'나오지 않을 생각이라 이거지.'

한참이 지나도 엄승도가 모습을 드러내지 않자 초류향은 오기가 생겼다.

웬만하면 자신이 실수한 것도 있으니 그냥 입 다물고 넘어가려 했다.

근데 이렇게 숨어 있는 게 알려진 마당에도 모습을 드러내지 않는다는 것은, 저 인간이 자신을 너무 우습게 보고 있다는 말이 아닌가?

그렇게 생각하자 기분이 살짝 나빠진다.

그냥 내버려 두기 싫다.

뭔가 한 방 날려 주고 싶다.

'방법이 없나…….'

이제는 자존심이 걸린 문제다.

무언가를 곰곰이 생각하던 초류향은 천천히 호흡을 골랐다.

그에게는 남들이 모르는 비장의 무기가 하나 있지 않은가?

이런 상황에서도 통할지는 모르겠지만 시도해 볼 만은 했다.

"모습을 드러내지 않는다는 건 절 모욕하시겠다는 뜻이군요."

결국 기척을 잡아내지 못한 냉하영이 아랫입술을 깨물며 흥분하자 초류향이 그녀의 앞을 가로막으며 말했다.

"여기서 기다려."

"왜?"

"거기서 보고 있어."

"어쩌려고?"

초류향은 대답하지 않고 앞으로 걸어갔다.

그리고 호흡을 골랐다.

정관법.

그것을 사용한 것이다.

엄승도는 그러거나 말거나 어둠 속에 숨어서 피식 웃고 있었다.

'너희들이 아무리 찾아봐라, 날 찾을 수 있나.'

꼬맹이들 하는 짓이 상당히 재미있었다.

발끈하는 모습도 그렇고, 어떻게든 찾아내겠다고 용쓰는 모습도 재미있었다.

하지만 거기까지다.

그의 은신술은 일급 살수에 버금간다. 천마신교 내에서도 극소수의 고수들을 제외하고는 그의 은신술을 깨뜨리지 못한다.

그런 자부심을 가진 엄승도 앞에서 냉하영과 초류향이 아무리 애를 쓴들 그저 어린애 장난으로 보일 수밖에 없다.

한마디로 턱도 없는 것이다.

엄승도는 그렇게 아이들과 지고 싶어도 질 수 없는 술래잡기를 하고 있다고 생각하고 있었다.

그런데…….

'엉?'

엄승도는 고개를 갸웃거렸다.

주위를 한 바퀴 둘러본 초류향이 갑자기 그가 있는 곳으로 똑바로 걸어오고 있었기 때문이다.

'우연이겠지.'

그의 은신술은 바로 코앞에 서 있어도 알아채지 못할 만큼 뛰어났다.

하지만…….

덥석.

"장난이 지나치셨습니다."

"……."

엄승도는 멍한 얼굴로 초류향을 내려다보았다.

초류향이 지척에 다가올 때까지도 전혀 신경 쓰지 않았다.

무공도 모르는 꼬마와의 승부 자체가 우스웠으니까.

그런데 이 건방진 꼬맹이가 똑바로 걸어와서는 그의 옷소매를 잡아 챘다.

대체 어떻게?

초류향은 잠시 그의 얼굴을 바라보다가 고개를 끄덕였다.

서로 한 방씩 먹였으니 되었다고 생각한 것이다.

그때.

우드득—

초류향은 숨이 턱 하고 막혔다.

엄승도가 초류향의 멱살을 잡고 그대로 공중으로 들어 올린 것이다.

얼마나 세차게 잡아 올렸는지 엄승도가 손으로 움켜쥔 초류향의 상의 일부분이 뜯겨 나갈 정도였다.

"네놈…… 대체 뭐하는 놈이냐?"

지금 엄승도의 얼굴은 악귀처럼 일그러져 있었다.

단순히 '술래잡기에서 어린아이에게 진 쪼잔한 어른의 분노는 이런 것이다.'라는 표정이 아니었다. 그는 정말로 초류향을 향해 짐승처럼 으르렁거리고 있었던 것이다.

초류향은 숨이 막혀서 시뻘겋게 변한 얼굴로 그를 바라보았다.

엄승도는 자신의 손아귀에 달랑달랑 매달려 있는 초류향을 눈앞까지 끌어당겼다.

그리고 낮은 음성으로 말했다.

"말해라, 꼬마. 죽는다."

정중한 태도를 보였던 지금까지의 엄승도는 거기에 없었다.

무인 특유의 자부심.

그 자부심에 상처 입은 야수의 본능이 밖으로 드러난 것이다.

하지만 그의 난폭한 손에 들린 초류향은 한낱 힘없는 어린아이일 뿐이었다.

초류향이 컥컥거리며 숨을 몰아쉴 때.

"거기까지 하시죠, 천마신교의 무사님. 죽겠어요."

냉하영은 엄승도의 옆으로 와서 그를 쏘아보았다.

조금 전 초류향이 저 남자의 기척을 잡아낸 것이 놀라워서 아무 생각도 할 수가 없었다.

하지만 엄승도가 초류향의 멱살을 움켜쥘 때 퍼뜩 정신을 차렸다.

"끼어들지 마라, 계집. 죽고 싶지 않으면."

"그럴 순 없겠는데요?"

말을 마친 그녀가 발을 들어 바닥을 쿵 하고 내려치자 그녀의 좌우로 네 명의 사내들이 귀신처럼 나타났다.

그녀를 호위하는 무인들이 등장한 것이다.

"소군주님을 뵙니다."

엄승도는 낮게 이를 갈았다.

그리고 야수처럼 으르렁거렸다.

"내가 너희를 다 못 죽일 것 같으냐?"

냉하영은 엄승도의 살기로 번들거리는 눈을 보며 웃었다.

최대한 여유롭게 보이도록 가장한 웃음이었다.

"저희를 다 죽일 수 있겠나요?"

엄승도는 웃었다.

잇몸이 드러나 보일 정도로 섬뜩하게.

냉하영은 그 모습이 소름 끼치도록 무섭게 느껴졌지만 그런 기색을 드러내지 않으려고 여유를 가장했다.

여기서 밀리면 예측할 수 없는 일이 벌어질지도 모른다.

그것이 냉하영이 알고 있는 무림이다.

"물론이지."

죽인다.

정말로 깡그리 죽일 작정이다.

그 정도로 살심이 크게 일어났기 때문이다.

상처받은 자존심 하나 때문에 교의 임무를 망각하고 폭주해 버린 것이다.

냉하영은 그런 엄승도를 보며 어깨를 으쓱해 보였다.

"정말로 죽일 생각이군요."

"그래."

"그리고 시체는 물고기 밥으로 던져 줄 생각이죠?"

"오랜만에 물고기들이 포식을 하겠지."

이곳은 강 한가운데다.

도망갈 곳도 없고, 도망치기도 전에 모조리 죽일 자신도 있었다.

게다가 시체도 처리하기 쉬웠다.

거기까지 엄승도가 생각했을 때 냉하영이 말했다.

"그런데 제가 아무 대책도 없이 천마신교의 배를 탔다고 생각하시나 보군요. 제가 그렇게 바보로 보였을까요? 이 배에 타면서 본 회에 아무런 연락도 안 했을 것 같아요?"

"……."

그녀의 말에 엄승도의 얼굴이 굳어졌다.

냉하영에 대해서 잘 알고 있으면서도 지나치게 흥분해서 간과하고 있었다.

그녀가 단순히 냉무기의 손녀라는 이유만으로 강호에서 주목을 받고 있는 것이 아니라는 사실을.

'젠장.'

그녀의 총명함은 이미 강호 전체에 그 소문이 자자했다.

흑월회에 숨겨 둔 첩자들이 물어 오는 소문들 역시 대단하지 않았던가?

거기까지 생각이 미치자 그의 몸에서 뿜어져 나오던 살기가 눈에 띄게 줄어들어 갔다.

지금 냉하영을 죽이긴 쉽다.

그러나 그 후 흑월회를 상대로 해야 할 뒷감당은 여간 부담스러운 게 아니었다.

교 내에서도 사달을 벌인 이유에 대한 추궁이 있을 것이고, 그 이유가 궁색한 것도 사실이다.

"잘 생각하셨어요, 천마신교의 무사님."

그녀는 속으로 안도의 한숨을 내쉬었다.

초조한 기색을 감추고 나름대로 승부수를 띄웠는데 다행히 먹힌 모양이었다.

냉하영은 이미 실신해 버린 초류향을 힐끔 보며 입을 열었다.

"이만 놓아 주시지요. 대화를 나누기엔 좋은 상태가 아닌 듯해 보이는데."

엄승도는 초류향을 바라보았다.

그의 눈빛이 차츰 복잡해지기 시작했다.

                    *   *   *

초류향이 정신을 차린 것은 반나절이 지난 후였다.

눈을 뜨니 스승님의 근심 어린 얼굴과 그 옆에서 딱딱하게 굳은 얼굴을 하고 있는 엄승도가 보였다.

"깨어났느냐?"

"……예."

"어디 아픈 곳은 없고?"

"예, 괜찮습니다."

초류향은 말을 하면서 엄승도를 바라보았다.

정신을 잃기 전에 엄승도의 몸에서 흘러나왔던 그 무시무시한 기운.

'무림인…….'

상대방이 무림인이라는 사실을 잊고 있었다.

이제 와 생각해 보니 자신이 한 행동은 참으로 무모하고 어리석었다.

한순간의 치기 어린 마음 때문에 무림인, 그것도 천마신교의 무인을 도발한 것은 해도 해도 너무 멍청한 짓이 아니었던가.

거기까지 생각하던 초류향은 고개를 저었다.

'아니다. 이건 내가 힘이 없으니 당한 거다.'

자신의 잘못이 아니라 어리고 힘이 없어서 당한 일이었다.

상대방에게 했던 그의 행동에는 잘못됨이 없었다.

오히려 상대방이 그를 모욕한 것이 아닌가?

숨어서 이야기를 엿들은 것도 모자라 끝까지 모습을 드러내지 않고 그들을 희롱하지 않았던가?

힘이 있었으면, 상대와 대등한 힘이 있었더라면 당하지 않았을 모욕이었다.

'힘이 필요하다.'

이번 일은 초류향이 진심으로 강하게 힘을 갈구하게 된 첫 번째 사건이었다.

"조금 있으면 감숙성이다. 곧 목적지에 도착하겠구나."

스승님의 평온한 기색을 보니 아직 사건의 전말을 모르고 계신 모양이다.

다행이었다.

괜한 걱정을 시키고 싶지 않았기 때문이다.

초류향은 엄승도를 바라보았다.

엄승도도 때마침 초류향을 바라보고 있었다.

뭔가 복잡한 표정이었다.

초류향은 그런 그의 얼굴을 바라보다 고개를 돌렸다.

그의 마음 또한 혼란스러웠기 때문이다.

어떻게 상대방을 대해야 할지 잘 모르겠다.

그리고 그것은 엄승도 역시 마찬가지였다.

'젠장.'

어설프게 손을 쓰는 것은 안 하느니만 못하다.

그것을 잘 알고 있던 엄승도였지만 그때는 정말 자신도 모르게 손이 나가 버렸다.

너무 흥분했기 때문이다.

'그런데 대체 어떻게 알아챈 거지?'

자신의 은신술은 천마신교 내에서도 손에 꼽힐 정도로 뛰어나다.

그런데 저런 꼬마 아이에게 거짓말처럼 발가벗겨졌다고 생각하니 순간적으로 돌아 버린 것이다.

'아무래도 수상해.'

엄승도는 소매 안에 있는 종이를 구겨 버리며 신중한 얼굴로 생각에 잠겼다.

방금 구겨 버린 종이에는 초류향의 신상 정보에 관한 것들이 적혀 있었다.

그것을 벌써 수십 번도 넘게 읽어 보았다.

하지만 아무리 들여다보아도 그가 원하던 정보는 그곳에 없었다.

'무공을 배운 적이 없다고? 개소리 마라.'

믿을 수가 없었다.

설령 엄마 뱃속에서부터 초절정 고수에게 가르침을 받았다 해도 저

나이에 그의 은신술을 파악하는 건 애초에 불가능했다.

그런데 무공을 아예 배운 적이 없다고?

아니, 무공을 배운 기록이 있긴 했다.

'육합검법에 천수나라장이라……'

이건 표사들이나 배운다는 이름만 거창한 기초적인 권각술에 기본적인 검법이 아닌가.

그런데 고작 그 실력으로 그의 은신술을 꿰뚫어 본 것이다.

'정보에는 적혀 있지 않은 다른 것이 있다.'

저 꼬맹이가 무언가를 숨기고 있는 게 확실했다.

하지만 그것이 무언지 모르겠다.

그래서 답답한 것이다.

게다가 이제는 또 물어보기도 좀 뭐한 상황이었다.

그렇게까지 엄청난 짓을 했는데 물어본다고 해서 순순히 말해 줄지 의문이었다.

'정말 거슬리는 꼬맹이다.'

엄승도가 그렇게 복잡한 생각들을 할 때 초류향 역시 앞으로의 일에 대해 여러 가지 궁리를 하고 있었다.

그때.

배가 서서히 느려지는 것이 느껴졌다.

엄승도가 자리에서 일어서며 말했다.

"도착했습니다. 이제 감숙성입니다."

"그렇소?"

조기천이 대꾸하며 몸을 일으켰다.

초류향 역시 스승님을 뒤따라 자리에서 일어섰다.

태어나 처음으로 스스로를 지킬 힘이 필요함을 알게 되었다.

'다시는 이런 모욕은 당하지 않을 테야.'

그러기 위해서는 힘이 필요했다.

그럼, 힘이란 무엇일까?

어떻게 얻어야 하는 것일까?

초류향에게 이번 일은 힘이라는 것에 대해서 진지하게 생각해 볼 수 있는 계기가 되었다.

그리고 이런 진지한 고민들은 차후에 그가 수라왕이라는 칭호를 받게 되는 데에 큰 밑거름이 되었다.

第二章

교주 공손천기

천마신교의 주인 공손천기.

그는 자신을 찾아온 건장한 체구의 노인을 보며 환하게 웃어 보였다.

"오랜만이네, 우 호법. 여기까지 오느라 고생이 많았지?"

우 호법이라 불리는 노인.

그의 본명은 우규호(右揆護)다.

천마신교가 세상에 자랑하는 화경의 고수 세 명 중 한 사람이자 공손천기를 어린 시절부터 곁에서 모셔 왔던 충신 중의 충신이다.

"교주님의 강녕해 보이시는 모습을 보니 속하는 기쁠 따름입니다."

"나야 항상 건강하지. 일단 여기 앉아."

"예."

우 호법은 공손천기가 가리키는 자리에 앉았다.

그러자 공손천기는 손수 찻주전자를 들어 그의 찻잔을 채워 주며 입을 열었다.

"근데 오는 동안 일이 있었다며?"

"일……이라뇨?"

"있었잖아. 괜찮아, 말해 봐."

"아, 예……. 뭐……."

"말해 보라니깐."

"그……그게, 아미파의 여승들을 말씀하시는 거군요."

"그래, 뭐가 어떻게 된 거야? 대충 들어서 뭔 말인지 잘 모르겠던데."

긴장한 우 호법은 김이 모락모락 나는 뜨거운 차를 뜨거운 줄도 모르고 한입에 꿀꺽 털어 넣고는 입을 열었다.

"그 아해들이 본 교의 욕을 하기에 가서 좋게 타일렀습니다, 허허."

"좋게 타일렀다고? 몽땅 때려죽인 게 아니고?"

"헉! 무슨 말씀을……."

공손천기의 말에 우 호법은 무슨 소리냐는 듯이 눈을 동그랗게 뜨며 손사래를 쳤다.

"저도 이제 나이가 있어서 함부로 손에 피를 묻히진 않습니다, 교주님."

공손천기는 가늘게 뱁새눈을 뜨고 우 호법을 노려보았다.

우 호법이 은근슬쩍 시선을 피하자 공손천기가 입을 열었다.

"겸아."

『예, 교주님.』

"지금 이 늙은이가 하는 거짓말이 사실이냐?"

우 호법은 당황한 얼굴로 공손천기의 뒤쪽 공간을 쏘아보았다.

그 험악한 시선을 받은 임학겸이 식은땀을 흘렸다.

하지만 여기가 어느 안전이라고 거짓을 고하겠는가?

『……예. 일단은…… 사실입니다.』

"호오? 일단은 사실이다? 그럼 숨겨진 이야기가 있다는 말이구먼. 그리고 굳이 전음으로 이야기할 필요 없다. 우 호법 앞에서 네 은신술은 장난이나 다름없을 테니까."

임학겸은 고개를 끄덕이고 모습을 드러냈다.

우 호법은 화경의 고수다.

그의 초감각 앞에서 임학겸의 은신술은 잔재주에 불과할 터.

"학겸아, 말을 잘해야 할 거다. 우리 모두를 위해서."

우 호법이 넌지시 이야기하자 임학겸은 난처한 얼굴을 해 보였다.

이건 욕만 안 했지 노골적인 협박이 아닌가?

"우 호법, 지금 누구 앞에서 수작질이야? 그새 감이 떨어졌나 보지?"

"그, 그럴 리가 있겠습니까, 교주님. 으허허헛."

우 호법이 어색하게 웃으며 잔뜩 움츠린 얼굴을 할 때 임학겸이 조심스럽게 입을 열었다.

"속하가 보고받기론, 말씀대로 죽이지는 않으셨고 팔십 명의 비구니들 단전을 모두 손수 파괴하셨다고 들었습니다."

"뭐? 팔십 명? 그 아이들 단전을 손수 파괴했다고?"

"예."

공손천기가 '네가 그럼 그렇지.'라는 표정으로 우 호법을 바라보자, 그는 고개를 들지 못하고 아래로 숙인 채 작게 말했다.

"본 교의 욕을 하기에 참지 못하고 그만⋯⋯."

"욕 좀 한다고 대뜸 단전부터 다 부숴 버리나? 다 큰 어른이 그러면 안 되지. 좀 관대해져 봐. 그러니까 본 교가 애들한테 쌍욕을 먹는 거야."

"⋯⋯죄송합니다, 교주님."

공손천기는 그 모습에 한숨을 내쉬며 말했다.

"근데 혈랑대(血狼隊)에 있는 아이들 전부를 데려왔던데, 정도맹이랑 한판 해볼 생각인가 보지?"

우 호법은 공손천기의 질문에 고개를 들며 비장한 표정으로 말했다.

"정파의 허접쓰레기들이 감히 교주님의 주변에서 얼쩡거린다는 보고를 받고 데려왔습니다. 명령만 내리신다면⋯⋯ 이번 기회에 검황의 목을 따다 드리겠습니다."

삼황의 한 명인 태극검황.

정도맹의 주인인 그의 목을 가져다준다는 말에 공손천기는 피식 웃었다.

하긴 가능할지도 모른다.

천마신교의 십대 무력 단체들 중 최강의 전력이라고 평가받는 혈랑대가 아닌가?

소속 인원 모두가 절정의 고수이거나 일류 중에서도 최고 수준의 고수들.

그런 이들이 무려 오백 명이나 이곳에 와 있었던 것이다.

"자넨 예나 지금이나 변함이 없구먼. 조금 감탄했어."

공손천기는 그제야 자신의 찻잔에도 차를 따르며 말했다.

"본 교는 더 이상 손에 피를 묻히면 안 돼. 그건 잘못된 과거의 반복일 뿐이야. 악순환이지."

공손천기는 역대 교주들 중에서도 그러한 생각이 가장 확고한 온건파에 속했다.

힘을 숭상하고 피의 율법이 지배하는 천마신교에서 그런 그의 견해는 전례가 없을 만큼 굉장히 파격적이었다.

'이해가 안 된다.'

우 호법은 사실 교주의 그런 생각을 이해할 수 없었다.

현재 천마신교의 전력을 가늠해 보면, 과거부터 지금에 이르기까지 그 어느 때보다 강력한 힘을 지니고 있음이 분명했다.

그럼에도 불구하고 공손천기는 강호로 나가는 것을 완강히 반대하고 있었던 것이다.

"교주님, 그들이 조용히 지내려는 저희를 계속해서 먼저 도발하지 않았습니까? 본 교는 방어 차원에서 독하게 손을 썼을 뿐입니다."

공손천기는 의외로 쉽게 고개를 끄덕이며 수긍했다.

"맞아. 솔직히 몇 번을 빼면 놈들이 항상 먼저 우리를 건드려 왔지."

"이번 기회에 본 교의 힘을 제대로 보여 줘야 합니다. 이곳 기련산에 몰린 인원들을 몰살시킨 후에 곧장 사천으로 내려가 정파 놈들의 씨를 말려 버릴 생각입니다."

우 호법의 살기 가득한 말에 공손천기는 이번에도 선선히 고개를 끄덕였다.

"그것도 나쁘지 않겠지. 근데 그렇게 되면 균형이 무너져."

"균형 말씀이십니까?"

"그래. 본 교와 흑월회, 그리고 정도맹의 균형. 지금의 이 완벽한 균형이 무너지면 그때는 서로가 아귀처럼 싸우게 되겠지. 그렇게 되면 정도맹과 흑월회는 물론, 본 교도 만만치 않은 피해를 입게 될 거야."

"그 정도의 희생은 각오해야 더 큰 것을 얻을 수 있지 않겠습니까?"

"큰 것?"

"천하일통! 본 교가 중원으로 나가는 것 말씀입니다."

공손천기는 이 혈기를 주체 못 하는 노인을 한동안 물끄러미 바라보았다.

그러다 불쑥 말했다.

"자네는 좋겠구먼, 아직도 혈기가 왕성해서."

"중원 진출은 본 교의 오랜 숙원이 아니겠습니까?"

"자네는 본 교의 아이들이 떼죽음당하는 것도 각오하겠다는 말인가? 중원에 나가려면 최소한 수천 명은 죽을 거야. 어쩌면 더 죽을 수도 있지."

"본 교의 아이들은 그렇게 나약하지 않습니다, 교주님. 강호에 있는 그 어느 문파보다도 강하게 키워 왔습니다."

공손천기는 선선히 고개를 끄덕였다.

"물론 나도 그렇게 생각해. 지나치게 건강한 놈들이 대부분이지. 그래서 나는 더 걱정이다."

우 호법은 이번이 기회라 생각했다.

지나치게 중원 진출에 조심스러운 교주님을 설득하고 싶었던 것이다.

"이번에 본 교에서 데려온 아이들은 그동안 교주님께서 특별히 심혈을 기울여 키운 아이들 아닙니까? 이럴 때 써먹기 위해 키운 것이 아니었습니까?"

써먹지 않으려는데 대체 왜 혈랑대라는 역대 최강의 무력 단체를 손수 키웠던 것일까?

우 호법의 머리로는 도무지 교주의 행동이 이해되지 않았다.

"힘이 없는 정의는 공허한 외침일 뿐이지. 그래서 키운 거야. 뭐, 자네가 생각하는 최악의 상황을 대비하자는 의미도 있었고."

"하면 이번에 놈들이 공격해 오면 어떻게 할 생각이십니까? 최소한 반격은 해야 하지 않겠습니까?"

공손천기는 장난스러운 미소를 입가에 그렸다.

"나도 지금 그게 고민이야. 그래도 꽤 오랜 시간 고민을 했더니 결론이 나왔지."

"명령만 내려 주십시오. 속하는 이미 준비가 되어 있습니다."

교주는 분명 소극적으로 방어만 하자고 할 것이다.

그건 그다지 마음에 들지 않는 결정이지만 우 호법에게 있어서 교주님의 명령은 절대적이다.

'방어를 하면서 적들을 박살 내는 것까지 말리시진 않겠지?'

물론 그 참에 가능하다면 정파의 고수라는 놈들을 겸사겸사 죄다 쓸어버릴 생각까지 하고 있는 우 호법이었다.

그런데.

이상한 명령이 떨어졌다.

"놈들이 만약에 공격을 해 온다면, 우리는 도망을 치자."

"……?"

우 호법은 자기가 지금 무슨 소리를 들었는지 언뜻 이해가 가지 않았다.

"우리 애들 빠르잖아?"

"……."

재차 이어지는 교주의 말에 우 호법은 저도 모르게 입을 떡 벌렸다.

이마에서는 식은땀이 뻘뻘 흘러내린다.

"지, 진심이신지요?"

"자네는 내가 언제 농담하는 것 봤나?"

꿀꺽.

그랬다.

매사에 장난스럽고 건성건성인 듯 보이는 교주였지만, 중요한 사안을 놓고 이런 묵직한 농담을 던질 사람은 아니었다.

'차라리 농담이라고 해 주시지…….'

도망이라니?

역대 최강의 무력 단체인 천마신교가 적을 눈앞에 두고도 등을 보이라는 소리가 아닌가?

게다가 교주도 이 자리에 있는데?

만약 이 사실이 세상에 알려진다면…….

우 호법의 얼굴이 울상이 되었다.

"그놈들도 바보가 아닌 이상 본 교에게 함부로 덤비진 않을 거야. 내 말은 어디까지나 최악을 염두에 두란 소리야, 우 호법."

'도망치는 것보다 최악이 어디 있답니까?'

차라리 떼죽음을 당하는 편이 나을 것 같았다.

우 호법은 넋 나간 얼굴로 이어지는 교주의 명령을 듣고 앉아 있었다.

*   *   *

달리는 마차 안.

그 안에서 초류향은 내내 생각에 잠겨 있었다.

'냉하영이라 했었나.'

마차를 타기 전에 그녀가 했던 말이 아직도 뇌리에서 떠나지 않았기 때문이다.

"누나가 충고 하나 할게. 네가 지금 서 있는 곳은 강호야. 그리고 강호는 힘이 전부인 세상이지. 네가 어떻게 해서 그 사람의 기적을 찾았는지는 아직도 잘 모르겠지만, 힘이 없으면 보고도 못 본척하는 것이 나을 때도 있어. 그러니까 행동 조심해. 명 단축할 일 함부로 하지 말고."

그녀의 말이 옳다.

그래서 왠지 가슴이 답답해졌다.

"무슨 생각을 그리 하느냐?"

스승님의 물음에 초류향은 퍼뜩 정신을 차렸다.

"잠시 다른 생각을 좀 했습니다."

"이제 조금 있으면 도착한다고 하더구나. 기대되지 않느냐?"

스승님은 그답지 않게 약간 상기된 얼굴이었다.

평소에 보지 못한 모습이었기에 초류향은 의아한 얼굴로 스승님을 바라보았다.

천하제일 진법.

그것 때문에 저렇게 흥분하시는 걸까?

그런데 이어지는 조기천의 말은 초류향에게 있어서 정말 의외였다.

"도착하게 되면 곧장 천마신교의 교주를 만난다고 하더구나."

천마신교의 교주?

단지 그를 만난다는 것이 저토록 흥분되는 일이었던가?

"그는 여태껏 외부에 그 얼굴을 공개한 적이 없던 자다. 어떤 인물 일지 기대가 되지 않느냐?"

천마신교의 교주는 신의 대리자다.

그 자신도 뛰어난 실력의 고수인 동시에, 현재 강호 최강의 무력 단체를 이끌고 있는 수장이었다.

기대가 되지 않는다면 거짓말이지만, 그래도 평소에 늘 침착하시던 조기천 스승님이 저렇게 어린아이처럼 흥분할 정도였던가?

초류향의 기색을 읽은 것인지 조기천이 재차 입을 열었다.

"종교라는 것은 실로 어마어마한 힘을 지니고 있다. 생각해 보거라. 단 한 사람의 의지만으로 당금 황실에 계신 황제 폐하께서도 쉽게 하지 못할 전쟁을 일으킬 수 있는 게 종교 아니더냐?"

확실히 그랬다.

단 한 사람에게 너무나도 엄청난 힘이 쥐어져 있는 비정상적인 형태의 조직.

그것이 종교였고, 현재 천마신교의 모습이었다.

"지금 마차를 몰고 있는 엄승도를 어떻게 보느냐?"

"예?"

무슨 말일까?

초류향이 의아한 얼굴을 하자 조기천은 약간 목소리를 낮추며 입을 열었다.

"그는 아마 대단한 고수일 게다. 우리가 생각하는 것보다 훨씬 더 대단한 고수겠지."

엄승도가 대단한 고수라는 사실.

그의 진면목은 조기천보다 초류향이 더 잘 알고 있지 않은가?

"그런 고수가 지금 마부의 역할을 자처하고 있다. 게다가 우리의 수발을 다 들어 주기도 했지. 이건 단순하게 생각할 수 있는 일이 아니다."

스승님의 말씀을 듣고 생각해 보니 짚이는 점이 있다.

"교주가 가진 지배력이라는 게 그만큼 대단하다는 소리겠지. 이래서 종교가 무서운 것이다."

사실 조기천이 천마신교의 교주에게 관심을 갖는 이유는 이외에도 더 있었다.

과거 오래전부터 황실에서는 천마신교를 마교로 규정하여 정말 무시무시한 탄압을 해 왔다.

하지만 단 한 번도 그들을 토벌하는 데 성공한 적이 없었다.

성공은커녕 교주의 그림자조차 제대로 본 적이 없었던 것이다.

그런데 이런 방식으로 교주라는 자를 보게 되니, 조기천은 비록 옛날 일이라지만 한때 황실에 몸담았던 자로서 감회가 새로웠다.

"다 왔습니다. 내리시지요."

엄승도가 마차를 세운 후 마차 문을 열었다.

그러자 마차 밖으로 커다란 장원이 눈에 들어왔다.

이곳이 바로 천마신교의 감숙 분타이자, 교주 공손천기가 임시로 묵고 있는 장소였다.

'이곳에 교주가 있다.'

초류향 역시 흥분되는 것은 어쩔 수가 없나 보다.

세상 사람들이 말하는 강함의 정점에 서 있는 사람, 과연 어떤 인물인지 궁금할 수밖에 없다.

안으로 들어갔던 엄승도가 잠시 후 왠지 애매한 얼굴로 다시 나왔다.

그리고 그는 조기천과 초류향을 보더니 서둘러 표정을 정리하며 입을 열었다.

"안으로 들어가시지요, 노사. 교주님께서 기다리고 계십니다."

엄승도의 안내를 받으며 안에 들어서자 그곳에는 두 명의 사람이 서 있었다.

조기천과 초류향을 대전 안에 데려다 준 엄승도는 곧장 바깥으로 나갔다.

자기가 있을 자리가 아니라 여긴 탓이다.

'저자가 교주인가?'

입고 있는 의복이 당장이라도 터져 나갈 듯한 우락부락한 근육질의 노인.

큰 체구에 이글거리는 호목(虎目, 호랑이 눈)이 인상적인 노인이었다.

그 노인은 교주의 상징인 흑룡포(黑龍布)를 입고 대전의 중심부에 놓인 의자에 앉아 근엄한 얼굴로 그들을 바라보고 있었다.

그리고 바로 뒤에 평범한 인상의 중년인이 그들을 보면서 웃고 있었다.

흑룡포를 입고 있는 노인이 입을 열었다.

"내가 교주 공손천기외다. 그대들이 이번에 본 교의 행사를 도울 사람들인가?"

초류향이 눈을 빛냈다.

갑자기 호기심이 일었기 때문이다.

초류향은 자기도 모르게 정관법을 사용해서 교주를 응시하게 되었다.

*   *   *

우 호법은 지금 죽을 맛이었다.

부담스러운 흑룡포를 입고 팔자에도 없는 교주 행세를 해야 할 처지에 놓였기 때문이다.

'그냥 정체를 드러내시지 왜 나한테……..'

교주가 왜 번거롭게 이런 일을 꾸미는 것인지 이해가 되지 않았다.

기껏 진법이나 파훼하러 온 사람들이 아닌가?

강호인들도 아니니 굳이 정체를 숨기실 필요가 없지 않을까?

『표정 관리 하자, 우 호법. 지금 와서 들키면 개망신이잖아?』

우 호법은 교주의 전음에 다시 근엄한 표정을 지으며 눈앞에 있는 사람들을 바라보았다.

늙은 놈 하나와 어린놈 하나.

스승과 제자 사이라는데 둘을 물끄러미 바라보던 우 호법은 갑자기 고개를 갸우뚱거려야만 했다.

'어라?'

어린놈의 시선이 자기가 아닌 뒤에 서 있는 교주를 향하고 있는 게 아닌가?

그 시선에 당황스러운 건 우 호법만이 아니었다.

'어쭈?'

눈치챘다고는 보기는 어려운데 뭔가 이상하다.

누가 봐도 지금의 공손천기에게선 교주의 위엄이나 무인의 기세는 보이지 않는다.

평범함 그 자체.

있는 듯 없는 듯한 희미한 존재감만이 전부였다.

그에 비해 앞에 있는 우 호법은 정말 교주에 잘 어울렸다.

교주다운 박력이 있는 외모와 풍채를 지녔을 뿐만 아니라, 가만있어도 전신에서 패왕의 기운이 흘러넘쳤다.

그런데도 초류향은 그가 아닌 공손천기에게 시선을 집중하고 있었다.

『교주님…….』

『일단 티 내지 마라. 눈치챘을 리는 없잖아?』

우 호법은 고개를 미미하게 끄덕인 후 입을 열었다.

"우선 자리에 앉으시오. 간단하게 다과를 준비했으니 이야기는 다과를 나누면서 하도록 합시다."

우 호법의 말이 끝나기가 무섭게 뒤에 서 있던 공손천기가 앞으로 나가며 손수 찻주전자와 과자를 준비하기 시작했다.

우 호법은 그 모습을 보며 이마에 식은땀을 줄줄 흘렸지만, 정작 당사자인 공손천기는 아무렇지도 않은 얼굴로 준비한 다과를 조기천과 초류향 앞에 내놓았다.

그리고 막 돌아서려는데 초류향이 입을 열었다.

"저기, 이분은……."

"아, 그분, 아니 그 사람 말인가? 허허, 우 호법이라 하네. 내가 소개하는 것을 깜빡 잊었구먼. 내 일을 도와주는 아주 성실한 사람이지."

"우 호법입니다. 잘 부탁드립니다."

공손천기는 우 호법인 척 이야기하며 가볍게 읍을 해 보였다.

조기천은 그런 공손천기를 향해 담담히 마주 읍을 해 보였지만, 초류향은 딱딱하게 굳은 채 심각한 표정으로 그를 마주하고 있었다.

전신에 식은땀을 뻘뻘 흘리며 공손천기를 뚫어져라 바라보고만 있었던 것이다.

조기천의 얼굴에 의아한 빛이 떠올랐을 때.

읍을 하고 있던 공손천기가 떨떠름한 표정으로 뒷머리를 긁적였다.

"우 호법, 이거 아주 재미있는 물건이 들어왔구먼."

공손천기는 당황하는 우 호법을 쳐다보고는 곧 의뭉스러운 시선으로 초류향을 바라보았다.

그 시선에 초류향의 얼굴이 해쓱하게 질렸다.

"꼬마야, 신안(神眼)은 대체 언제부터 트였느냐?"

그 질문이 끝나는 순간 초류향은 결국 정신을 잃고 혼절하고 말았다.

* * *

"푸핫! 이런 재미있는 놈이 있나."

공손천기는 풀썩 쓰러지는 초류향을 받아 내며 크게 웃었다.

우 호법은 그 모습에 눈을 동그랗게 떴다.

교주가 이렇게 즐겁게 웃는 모습을 얼마 만에 보는 것인가?

농담처럼 가벼운 웃음이 아닌, 진정으로 즐거움에서 흘러나오는 웃음이 아닌가?

"몸도 아직 완성되지 않은 주제에 무리해서 신안은 트여 놨다? 이거 참 별난 놈이구먼."

"교주님, 그게 무슨 말입니까?"

"순서가 뒤죽박죽 아주 엉망진창인 놈이다, 이놈."

하지만 공손천기는 말과는 다르게 연방 감탄한 표정을 지어 보였다.

신안이 트였다는 것은 이미 남들과는 다른 것을 본다는 말이다.

다른 세상이 보인다는 것.

그것은 이미 초인의 세계에 한 발자국을 들여놨다는 의미와 다름이 없다.

무공을 익혔다 치면 벌써 화경의 경지에 들어섰다는 이야기가 아닌가?

'그게 무공과는 종류가 조금 다른 것 같지만······.'

잠시 혼자서 무언가를 생각하던 공손천기는 불쑥 손을 뻗어 초류향의 몸 이곳저곳을 더듬었다.

그러다가 눈을 빛냈다.

"호오?"

공손천기는 무언가를 발견한 듯 낮게 감탄을 터트리더니 옆에서 멀뚱멀뚱 서 있던 우 호법을 보며 입을 열었다.

"우 호법, 잠깐 밖에서 나 좀 보세."

"예, 교주님."

우 호법과 공손천기는 쓰러진 초류향과 넋이 나간 얼굴의 조기천만 덩그러니 남겨두고 밖으로 빠져나왔다.

그러나 막상 밖으로 나온 둘은 잠시 동안 말이 없었다.

얼마의 시간이 지났을까?

우 호법이 슬슬 조바심이 생길 즈음.

공손천기가 입을 열었다.

"우 호법."

"예, 교주님."

"처음이다."

"무슨 말씀이신지⋯⋯."

"어쩌면 자네의 평생소원을 들어주게 될지도 모르겠구먼. 기뻐해도 좋아."

"제 평생소원 말씀이십니까?"

우 호법이 고개를 옆으로 꼬았다.

자신의 평생소원이 뭐였더라?

우 호법이 어리둥절한 표정으로 고개를 갸웃거리자 공손천기가 답답한 표정으로 말했다.

"자네 평생소원이 내가 제자 받아들이는 거라면서? 오늘 마음에 드는 놈을 발견한 것 같다."

"⋯⋯!"

우 호법이 놀라 눈을 크게 떴다.

"저, 정말이십니까?"

"그럼? 내가 더운밥 먹고 자네에게 거짓을 말하리?"

공손천기가 누구인가?

단지 귀찮고 번거롭다는 이유 하나만으로 여태껏 제자를 받지 않은 사람이 아닌가?

천마신교의 유일한 고민거리가 바로 거기에 있었다.

현 교주의 무공은 분명 역대 최강이라 할 수 있었다.

문제는 그 뛰어난 무공이 다음 세대로 이어지지 못하고 있다는 점이었다.

장로들과 호법들이 그 점을 들먹이며 아무리 애걸복걸해 봐도 교주는 눈썹 하나 까딱하지 않았다.

그런데 그게 이런 식으로 풀릴 줄이야.

우 호법은 서둘러 정신을 차렸다.

지금부터가 아주 중요하다는 생각이 들었다.

지금, 교의 미래를 위한 안배가 하늘에서 내린 거나 마찬가지였다.

그는 목숨을 건 전장에 임하는 전사처럼 사명감이 가득한 얼굴로 말했다.

"제가 해결하겠습니다, 교주님."

"뭘?"

"후계자를 본 교로 모셔오는 데 방해되는 건 역시 그 스승이라는 늙은이 아닙니까? 맡겨만 주신다면 흔적도 남기지 않고 깔끔하게 처리하고 오겠습니다."

우 호법이 조기천을 거론하자 공손천기는 얼굴을 찌푸렸다.

그리고 혀를 낮게 찼다.

"이래서 본 교가 세상 사람들에게 욕을 얻어먹는 거야. 툭하면 사람들을 죽여 대니 욕을 안 먹을 수가 있나? 그리고 벌써부터 욕심 부리지 마라. 그놈, 아직 내 제자가 된다고 한 적 없다."

우 호법은 웃었다.

"크크, 미치지 않고서야 본 교의 후계자가 된다는데 거절할 리가 있겠습니까?"

무려 십만 명의 교도를 거느린 천마신교다.

부와 명예.

그 모든 것이 후계자가 되는 순간 한꺼번에 보장되는 것이다.

"글쎄, 그건 모르는 일이지. 아무튼 내가 자네를 이렇게 따로 부른 건 그들 앞에서 쓸데없는 짓이나 괜한 말을 하지 말라고 당부하려고 그런 거야."

"허헛, 제가 철없는 아이도 아니고 설마 그러겠습니까?"

"자네라면 충분히 가능하지. 나이를 먹고도 피가 뜨거운 늙은이는 어디서나 위험한 존재거든."

"크, 험험……."

우 호법이 잔뜩 섭섭한 얼굴을 할 때.

공손천기가 입을 열었다.

"일단 그 영감과 이야기를 좀 해 봐야겠어."

*　　　*　　　*

조기천은 쓰러진 초류향의 이마를 쓰다듬으며 마음이 복잡해졌다.

'괜한 욕심이었던가…….'

이번 일은 처음부터 걸리는 것이 너무 많았다.

그래도 여기까지 온 것은 제자인 초류향에게 조금이라도 더 많은 세상 경험을 시켜 주고 싶었기 때문이었다.

그런데 아무래도 잘못 내린 결정인 것 같았다.

곁에서 지켜보자니 어린 제자가 너무 힘에 겨워하지 않는가?

감당 못 할 짐을 지워 준 것만 같아 보기에 너무 안쓰럽고 미안했다.

조기천의 마음을 가장 아프게 하는 것은 '개인적인 욕심으로 재능 있는 아이를 데려다가 자신이 망가뜨리고 있는 것은 아닌가' 하는 걱정이었다.

그런 오만 가지 생각들을 하고 있을 때 문이 열리고 공손천기와 우호법이 다시 안으로 들어왔다.

조기천은 조금 전의 상황으로 보아 평범한 중년으로 보이는 사내가 암흑마황으로 알려진 교주고, 큰 체구의 노인이 그를 모시는 호법인 것으로 판단했다.

그리고 그의 그런 판단은 정확했다.

"이 아이는 그대의 제자인가?"

"그렇소."

잠시 뜸을 들이던 공손천기가 어색하게 웃으며 입을 열었다.

"제법 재미있는 녀석이더구먼."

무슨 의도일까?

조기천이 상대방의 의도를 파악하기 위해 공손천기를 살피고 있을 때 우 호법이 앞으로 나섰다.

그러고는 대뜸 물었다.

"그대는 본 교를 어떻게 생각하시오?"

"천마신교를 말하는 것이오?"

"그렇소."

그때 조기천은 무언가 심상치 않은 느낌을 받았다.

오랜 세월 살아오면서 자연스럽게 터득한 그런 종류의 예감.

그래서 그는 최대한 신중하게 단어를 골라 가며 대답했다.

"세상에 떠도는 소문과는 많이 다르다고 생각하고 있소."

우 호법의 얼굴이 눈에 띄게 밝아졌다.

그것은 공손천기 역시 마찬가지다.

"본 교에 대해 떠드는 세상의 소문이 모두가 진실은 아니라오. 과장된 것도 많고. 그것을 알아주니 고맙구먼."

"보고 느낀 그대로를 말했을 뿐이니 고마워할 것은 없소."

"그래도 내 입장에서는 고마운 말이지. 아무튼 서론은 접고 바로 본론을 말하리다."

조기천은 고개를 끄덕였다.

그도 빙빙 돌려서 말하는 것보다 그쪽이 훨씬 편했기 때문이다.

일단 공손천기는 대전에 있는 가장 상석에 걸터앉으며 입을 열었다.

"솔직하게 말해 그대의 제자에게 관심이 있소이다. 여기서 조금 더 솔직해지자면, 저 아이에게서 내 후계자로서의 가능성을 보았지. 그래서 그대에게 지금부터 미안한 부탁을 좀 하려고 하오."

"……."

이것이었다.

아까부터 느껴지던 심상치 않은 예감의 정체는.

조기천은 겉으로는 내색하지 않았지만 속으로 씁쓸하게 웃었다.

그리고 생각했다.

'정말 잘된 일이 아닌가?'

초류향은 재능 있는 아이였다.

산법에 보인 재능은 그가 가진 재능의 극히 일부에 불과할 뿐이었다.

그래, 그뿐이었다.

늘 생각하지 않았던가?

언제고 제자에게 다른 길이 생기면 그 길을 열어 주자고.

그 가능성을 항상 염두에 두자고 평소에 그렇게 마음먹고 있었지 않은가.

하지만 막상 그것이 현실로 닥쳐오자 조기천은 망설였다.

제자를 위한 일이 확실한데도 망설임이 생기다니……. 조기천은 그동안 어린 제자와 가르치고 배우면서 보낸 시간이 너무 짧았음에 아쉬움이 컸다. 조금만 더 품에서 가르치고 싶은 심정을 쉽게 떨쳐 내기 어려웠다.

그때 그의 표정을 살펴보고 있던 공손천기가 입을 열었다.

"쉽지 않은 일이라 생각하고 있소. 나 역시 이런 말을 하는 건 내키지 않지만…… 아무래도 놓치고 싶지 않은 아이라서."

공손천기는 지금 진지했다.

그랬기에 솔직하게 속내를 털어놓았다.

그 정도로 초류향이 탐이 났던 것이다.

지금의 대화를 듣고 있는 우 호법이 크게 놀란 것은 물론이거니와, 천마신교의 다른 장로들도 이 대화를 들었다면 깜짝 놀랐을 것이다.

평소 귀찮은 일이라면 질색을 하던 그 공손천기가 제자를 받아들이기 위해 이렇게 열성적이라니?

그들이 보면 감탄했을 것이다.

하나 그들은 오해하고 있었다.

그동안 공손천기는 정말 귀찮아서 제자를 들이지 않은 것이 아니었다.

그 역시 제자를 두고자 했다.

장로들은 모르겠지만 정말 많은 노력을 해 왔다.

하나 그의 가르침을 이해하고 감당할 만한 재목이 단 한 녀석도 보이질 않았다.

그래서 제자를 두지 않았던 것이다.

그때까지 묵묵하게 생각에 잠겨 있던 조기천이 입을 열었다.

"그대가 천마신교의 교주가 맞소이까?"

"그렇소. 내가 천마신교의 주인이오."

"하면 그대는 이 아이를 위해 무엇을 해 줄 수 있소?"

"무엇을 해 줄 수 있냐라……."

공손천기는 말을 끌며 진지하게 고민했다.

그는 천마신교의 주인이자 부와 명예, 모든 것을 가진 천하에 몇 없는 사람들 중 하나였다.

천마신교 주인으로서, 그의 말 한마디에는 그만한 책임이 따른다. 그래서 공손천기는 대답에 신중했다.

"내가 가진 것 전부라고 말을 하면 그대는 만족할 수 있겠는가?"

조기천은 만족스러운 대답인 듯 고개를 끄덕였다.

그 대답이 듣고 싶었다.

자신으로서는 도저히 줄 수 없는, 그 어떤 것을 해 주겠다는 말.

그 말이 듣고 싶었던 것이다.

"그것이면 되었소."

마음속에 남아 있던 아쉬움의 무게가 가벼워졌다.

조기천이 덤덤한 얼굴로 고개를 끄덕이는 것을 보던 공손천기는 희미하게 웃으며 말했다.

"솔직하게 말하지만 살면서 이렇게 긴장해 본 적이 몇 번 없었던 것 같은데. 양해해 줘서 정말 고맙구면."

그리고 말을 끝낸 공손천기는 소매를 걷어붙이며 말했다.

"그럼 다음 순서를 진행해 볼까?"

"무엇이 더 남았습니까?"

우 호법이 의아한 얼굴을 하자 공손천기가 고개를 끄덕였다.

"아무래도 이 녀석을 깨워서 의견을 들어 봐야 하지 않겠나? 스승의 양해는 구했지만 정작 본인의 의사는 못 들었으니까."

"내공을 주입해서 깨우시려는 겁니까? 그런 것이라면 속하가 대신……."

우 호법이 앞으로 나서서 초류향의 명문혈에 손을 대려 하자 공손천기는 고개를 저었다.

"그건 너무 거친 방법이야. 게다가 후유증도 남아서 어린아이에게는 좋지 않지. 그런 것 말고 나에게 아주 좋은 방법이 하나 있어. 보고만 있으라고."

공손천기는 초류향의 이마에 손을 얹었다.

그리고 지금까지 짓던 미소와는 딴판으로 의뭉스러운 웃음을 입가에 그리며 말했다.

"이제 잠에서 깨어날 시간이다, 꼬마야."

*　　　*　　　*

초류향은 꿈을 꾸고 있었다.

꿈속에서 초류향은 조금 전의 상황을 다시 재현해 보는 중이었다.

'여기서 문이 열리고…….'

문이 열리자 대전 안에 있는 두 명의 사람이 눈에 들어왔다.

우락부락한 덩치의 흑룡포를 입은 노인과 서글서글한 인상의 중년인.

'그다음에는…….'

노인이 몇 마디 말을 하고 간단히 소개를 끝내자 곧장 뒤에 있던 중년인이 앞으로 걸어 나와서 탁자에 다과를 차려 놓기 시작했다.

초류향은 눈썹을 가운데로 모으고 눈앞에서 펼쳐지는 상황에 집중해 보았다.

'그런데 내가 대체 뭐에 놀란 거지?'

이상하게 기억이 나지 않았다.

무언가에 크게 놀란 것 같긴 한데 그게 뭐였는지 도무지 생각이 나지 않는 것이다.

초류향은 팔짱을 끼고 생각에 잠겼다.

'뭐였더라? 아주 중요한 거였는데.'

그렇게 초류향이 고민에 빠져 있는 와중에도 눈앞의 장면들은 착실하게 진행되어 가고 있었다.

'이다음에는…….'

원래대로라면 중년인이 읍을 하고 스승님이 마주 읍을 하는 장면이 이어져야 했다.

그런데 그 장면은 이어지지 않았다.

갑자기 다과를 차리고 있던 중년인이 장난스럽게 웃더니 허리를 꼿꼿하게 세우며 초류향을 정면으로 바라보는 것이 아닌가?

그 생동감 있는 표정과 시선에 초류향은 움찔하고 놀랐다.

"어? 어라?"

이건 예정에 없던 장면이었다.

초류향이 놀란 얼굴로 한 걸음 뒤로 물러설 때.

중년인은 되레 한 걸음 성큼 다가오며 초류향의 손목을 와락 움켜쥐었다.

"또 도망치려고? 그렇게는 안 되지."

"……."

초류향은 식은땀을 흘리며 중년인의 손을 뿌리치려 했다.

하지만 그것은 불가능했다.

이해할 수 없었다.

이건 분명히 초류향의 꿈속인데 중년인은 단순히 꿈속의 존재라고 치부하기엔 어떤 이질감이 있었다.

'대체 왜?'

초류향이 반항을 하려고 할 때 중년인이 히죽 웃으며 나직하게 말했다.

"봤지?"

"……."

"봤구나?"

초류향의 얼굴이 점점 하얗게 질렸다.

마치 보지 말아야 할 것을 몰래 엿본 듯한 기분.

그런 기분이 듦과 동시에 머릿속에 가득했던 뿌연 안개가 걷히며 진실이 조금씩 떠오르려고 했다.

"비밀을 몰래 엿봤으면 그 대가를 치러야지? 꼬마야."

말을 하던 중년인의 이마 한가운데가 갑자기 가로로 길게 찢어지기 시작했다.

초류향이 그 모습을 겁에 질려 바라보고 있을 때.

가로로 찢어진 이마가 열리면서 사이로 피처럼 붉은 눈동자가 희번덕거렸다.

그 눈동자와 중년인의 본래 두 눈.

도합 세 개의 눈동자가 초류향을 쏘아보고 있었다.

'아!'

그것을 마주하는 순간 초류향은 전신을 부르르 떨었다.

드디어 기억이 났던 것이다.

'이거였다!'

초류향이 정신을 잃었던 이유.

그것은 중년인의 머리 위로 보였던 엄청난 숫자 때문이었다.

'구십육!'

그 엄청난 수치에 할 말을 잃어버렸지만 더욱 놀라운 일은 그다음에 벌어졌다.

초류향을 진심으로 겁먹게 만들었던 일.

갑자기 중년인 머리 위에 있는 숫자가 자기들끼리 엉키더니 곧 거대한 붉은 눈으로 변해서 그를 노려보지 않았던가?

여태껏 단 한 번도 이런 일은 없었다.

숫자가 붉은 눈으로 변하며 노려보다니?

그 괴이한 광경에 절로 숨이 막혀 왔다.

"이제 그만 일어나야지, 꼬마야. 우리는 할 이야기가 아주 많지 않더냐?"

붉은 눈이 마치 웃기라도 하는 것처럼 묘한 곡선을 그릴 때.

초류향은 자신의 꿈속에서 튕겨 나왔다.

*　　　*　　　*

공손천기는 초류향의 꿈속에서 히죽 웃었다.

이제 초류향을 꿈 밖으로 밀어냈으니 그가 바깥으로 나가기만 하면 끝이었다.

천마신교에는 수많은 사술(邪術)이 있었고, 그중 으뜸이 바로 지금 공손천기가 초류향에게 쓴 마륜안(魔輪眼)이었다.

이것은 상대방의 정신에 직접 관여할 수 있는 고도의 술법이었고, 그렇기에 공손천기가 초류향의 꿈속에까지 직접 들어올 수 있었던 것이다.

공손천기가 만족한 얼굴로 바깥으로 나가고 얼마 지나지 않아 석상처럼 굳어 있던 초류향이 꿈틀거리며 움직였다.

초류향은 목을 몇 번 움직이며 근육을 풀더니 곧 감고 있던 눈을 뜨고 주변을 두리번거렸다.

그리고 신기하다는 얼굴로 말했다.

"제법 재주가 있는 놈이었군."

초류향이 입을 열자 갑자기 그의 몸이 부드러운 흙처럼 말랑해지며 곧장 그림 속 노인의 모습으로 바뀌었다.

노인.

제갈량은 섭선을 부치며 사방을 두리번거린 후 말했다.

"타인의 꿈속으로 들어오는 술법이라……. 이건 그놈의 술법과 많이 닮았군."

오랜만에 누군가를 떠올리게 하는 술법을 접한 제갈량은 저도 모르게 미소 지었다.

"이런 곳에서 봉추(鳳雛, 방통)의 흔적을 보게 될 줄이야……."

*   *   *

"허억!"

기절한 채 쓰러져 있던 초류향이 눈을 뜨고 몸을 일으키자 조기천이 다가왔다.

"괜찮으냐?"

초류향은 놀란 가슴을 진정시키며 주위를 둘러보았다.

그러자 걱정스럽게 자신을 바라보고 있는 조기천과 근육이 터질 것 같이 건장한 노인이 눈에 들어왔다.

'다른 한 명은?'

꿈속에서 자신을 공포로 몰아넣었던 중년인.

주변을 두리번거리며 그의 행방을 찾던 초류향은 이윽고 고개를 끄덕였다.

대전 한쪽에서 가부좌를 하고 찌푸린 얼굴로 눈을 감고 있는 중년인이 보였기 때문이다.

'꿈이 아니다.'

꿈속에서 느꼈던 알 수 없는 존재감.

초류향이 약간 어지러움을 느끼며 자리에서 일어나지 못할 때.

갑자기 명상에 잠겨 있던 중년인이 눈을 번쩍 떴다.

공손천기는 눈을 뜨자마자 연신 고개를 갸웃거렸다.

'뭐였지?'

단지 초류향의 꿈속에 들어갔다가 나왔을 뿐인데 무언가가 마음속에 미진함이 남았다.

그게 뭘까?

무언가 굉장히 중요한 것을 놓친 듯한 이 찜찜한 기분은?

공손천기는 계속 그것을 생각하다가 퍼뜩 정신을 차리고 초류향에게 다가갔다.

지금은 그보다 더 중요한 게 있었기 때문이다.

어쩌면 그의 평생에 첫 제자가 될 아이가 아닌가?

"흠흠, 일어났느냐?"

"……."

초류향은 중년인을 보며 어색한 얼굴을 해 보였다.

아직도 꿈속의 일이랑 현실이 혼동되었기 때문이다.

그런 초류향을 물끄러미 바라보던 공손천기는 무슨 생각인지 불쑥 입을 열었다.

"일단 가서 좀 쉬거라. 할 말이 많겠지만 이야기는 나중에 하자."

우 호법의 얼굴에 당황스러운 기색이 떠올랐다.

"교주님! 쇠뿔도 단김에 빼라는 말이 있잖습니까?"

이런 일은 서둘러야 했다.

교주의 마음이 바뀌기 전에 확실하게 해 두고 싶었던 것이다.

우 호법의 입장에서는 하루바삐 천마신교의 후계자가 정해지는 게 무엇보다도 중요했다.

하지만 초류향의 무사함을 확인한 공손천기는 아이의 안정을 먼저 생각했다.

"시끄러, 급할수록 돌아가라는 말도 있잖아?"

"서, 설마 마음이 바뀌신 겁니까?"

"걱정 마. 그건 아니니까."

공손천기는 고개를 저었다.

심력을 소진한 아이에게 서둘러 결정을 내리라고 재촉하고 싶지 않았기 때문이었다.

공손천기는 조기천을 바라보며 입을 열었다.

"나가면 당신들을 데려온 녀석이 기다리고 있을 것이오. 그 녀석이 숙소로 안내해 줄 테니 가서 좀 쉬다 오시오. 이야기는 그 후에 하도록 하지."

조기천은 고개를 끄덕이며 입가에 미소를 지었다.

초류향을 배려하려는 공손천기의 마음이 엿보여 만족스러운 것이다.

그가 자신의 제자를 들이려고 무작정 서두르지 않고 제대로 마음을 쓰고 있다는 게 뚜렷하게 전해져 왔다.

그것이 조기천의 마음을 움직였다.

"가서 쉬도록 하자."

"예, 스승님."

비틀거리는 초류향을 조기천이 부축해서 나가려 하자 우호법이 재빨리 다가서며 말했다.

"내가 대신 부축하겠소."

우 호법의 입장에서 초류향은 이미 공손천기의 후계자와 다름이 없었다.

때문에 극히 조심스러운 태도로 초류향을 부축해 주었다.

"괜찮습니다."

초류향은 부담스러운 듯 혼자 걸어가려 했지만 우 호법은 완강했다.

게다가 벌써부터 은근히 내공을 사용해서 초류향의 지친 몸을 풀어 주고 있었다.

"사양하지 마시오, 초 공자. 이 늙은이가 너무 하고 싶어서 하는 것이오."

느닷없는 존댓말에 공자라는 호칭부터 부담스러웠지만 초류향은 더이상 말하지 않았다.

입을 열어 말할 기운도 없었던 것이다.

일단은 푹 쉬고 싶었다.

그런 초류향을 조기천은 복잡한 얼굴로 바라보았다.

　　　　*　　　*　　　*

　"초류향에 대해 알아봤나요?"

　"예. 하지만 시간이 없어서 단편적인 것밖에는 알아내지 못했습니다. 조금만 더 기다려 주시면 자세하게 알아낼 수 있을 것입니다."

　"일단 지금까지 조사해 온 걸 주세요."

　냉하영은 호위 무사가 머뭇거리며 건네는 종이를 받아서 읽다가 눈을 빛냈다.

　"집안이 표국을 한다고요?"

　"예. 현재로서는 그것이 조사한 전부라 할 수 있습니다."

　이름과 대략적인 나이, 그리고 간단한 외모에 대한 정보만으로 여기까지 조사해 온 것은 확실히 대단한 일이었다.

　주어진 시간이 짧았고, 대상에 대한 정보도 너무 부족했으니까.

　그 점을 감안하면 충분히 만족할 만한 정보였지만 그래도 냉하영은 아쉬웠다.

　분명 뭔가 중대한 비밀이 있는 아이 같았는데 정보가 너무 없다는 것이 마음에 걸렸다.

　냉하영은 집게손가락으로 탁자를 탁탁 퉁기며 말했다.

　"무공을 익혔다든가 하는 정보는 없었나요?"

　"송구스럽습니다만, 아직 거기까지는 알아내지 못했습니다."

　분명 무공을 익혔을 것이다.

　그것도 굉장히 상승의 무공을 익힌 것이 분명했다.

　그렇지 않고서야 어떻게 절정 고수의 은신술을 꿰뚫어 볼 수 있었겠는가?

"본 회에서 움직일 수 있는 인력들을 모두 동원해서라도 알아봐 주세요. 분명 그 아이는 이번 천마신교의 행사에 어떤 식으로든 관계가 있을 거예요."

"알겠습니다."

그 아이와 천마신교와의 관계를 알아내면 현재 천마신교가 기련산에서 꾸미는 일에 대해서도 어느 정도 알아낼 수 있을 것이다.

냉하영은 그렇게 생각을 정리하며 며칠 전 초류향과 헤어졌던 때를 떠올려 보았다.

"여기서 헤어져야겠습니다."

배가 선착장에 들어서자마자 엄승도가 내뱉은 첫마디였다.

냉하영은 그런 엄승도의 얼굴을 빤히 들여다보았다.

"저희는 기련산까지 함께하기로 한 것 아니었나요?"

"본 교에 피치 못할 사정이라는 게 생겼으니 양해 부탁드립니다."

엄승도는 호시탐탐 천마신교의 행사에 호기심을 내비치는 냉하영을 여기서 떼어 놓을 생각이었다.

'요망한 계집.'

냉하영이라면 작은 흔적만 가지고도 본 교의 행사에 대해 눈치챌지도 모른다.

워낙 똑똑하다고 소문이 자자한 계집이었으니까.

한마디로 부담스러운 계집이다.

어떻게 해서든 이 진절머리 나는 요물을 여기에서 떼어 놓아야 한다.

　냉하영은 눈을 가늘게 뜨고 엄승도를 노려보았다.

　이건 너무 빤한 수작이 아닌가?

　이자는 지금 천마신교의 행사가 외부에 알려지는 것을 꺼리고 있었
다.

　'그쪽이 그렇게 나오니까 더더욱 알고 싶어지잖아.'

　천마신교는 기련산에서 대체 무슨 짓을 꾸미고 있는 걸까?

　어떻게 알아낼 방법이 없을까?

　잠깐 생각해 보았지만 당장에 묘안이 떠오르지 않았다.

　'절묘한 변명이긴 하네.'

　천마신교에 일이 생겼단다.

　강호에 있는 그 누구도 감히 그들의 행사에 직접적으로 깊숙이 파고
들거나 따질 수 없는 노릇이다.

　아랫입술을 깨물며 고민하던 냉하영의 시선에 실마리가 잡혔다.

　냉하영이 웃는다.

　그 갑작스러운 미소에 불길함을 느끼면서도 엄승도 역시 억지로 웃
어 주었다.

　"이렇게 헤어지는 거군요, 천마신교의 무사님."

　"예."

　"그냥 보내기에 많이 아쉬운데요?"

　"저도 마찬가지입니다. 하지만 어쩌겠습니까?"

　엄승도는 냉하영의 능청스러운 표정에 속으로는 욕을 내뱉으면서도
겉으로는 되도록 서운한 얼굴을 연출해 보였다.

그때 냉하영이 말했다.

"그럼 인사를 하도록 하죠."

"인사요? 저희 사이에 무슨 인사를……."

냉하영은 너스레를 떠는 엄승도를 그대로 스쳐 가며 입을 열었다.

"그러고 보니 이름도 못 물어봤네. 누나 이름은 냉하영이야. 넌 이름이 뭐야?"

냉하영이 인사를 건넨 대상은 엄승도가 아니라 조기천을 따라 배에서 내린 뒤 바로 마차에 오르려던 초류향이었다.

초류향이 고개를 돌리자 당황한 얼굴의 엄승도와 약간 상기된 표정의 냉하영이 보였다.

한눈에 보기에도 둘 사이에 무언가 꿍꿍이가 얽혀 있는 게 느껴졌다.

초류향은 마차 안의 조기천을 한 번 슬쩍 보고 빠르게 판단을 내렸다.

그리고 말했다.

"초류향."

엄승도의 얼굴이 일그러졌다.

제법 눈치가 빠른 꼬마라 생각했는데 아니었나?

말을 해야 할 때와 하지 말아야 할 때도 분간 못 할 정도의 꼬마였나?

그때 한 가지 의혹이 엄승도의 머릿속에 떠올랐다.

'아니, 이놈. 설마 일부러?'

그런 의심을 하고 꼬마의 표정을 살펴보니 설마가 아닌 것 같다. 진짜로 일부러 그런 것 같았다.

엄승도는 낮게 이를 갈며 황급히 초류향의 손목을 붙잡고 마차에 태우며 말했다.

"시간이 없으니 서둘러야 합니다, 도련님."

마지막 도련님이라는 말에 힘을 주며 또박또박 말하는 엄승도를 보고 초류향은 고개를 끄덕였다.

그가 숨기고 싶어 하는 게 무엇인지 알 것 같았다.

그랬기에 조금 정보를 흘린 것이다.

'냉하영이라…….'

그러고 보니 냉무기의 손녀라는 것만 알았지 그녀의 이름은 모르고 있었다.

"이제 진짜로 헤어질 시간입니다."

엄승도는 퉁명스럽게 말하고는 서둘러 마차 문을 닫고 기련산으로 출발했다.

저 꼬마 계집에게 이쪽 꼬마가 이름을 알려준 것.

극히 사소한 정보였지만 여우 같은 꼬마 계집에게는 큰 단서가 될 것이다.

그 단서로 본 교의 행사를 파헤치려들 것이 뻔하다.

도대체가 마음에 안 드는 꼬맹이들이다.

'서둘러야 한다.'

일이 끝난 후라면 흑월회의 저 영악한 꼬마 계집이 무언가를 눈치채도 상관없었다.

하지만 일이 진행되는 도중이라면 문제가 다르다.

지금으로선 최대한 빠르게 일을 마무리 짓는 수밖에 없다.

'기련산에 도착해서 진법만 해제하면…….'

그다음부터는 일사천리로 일이 해결될 것이다.

그렇게 엄승도는 조급해지려는 마음을 달랬다.

＊　　＊　　＊

"……시간이 걸리겠다고요?"

"그렇소."

엄승도의 얼굴이 구겨졌다.

되는 일이 하나도 없다고 여긴 것이다.

그러거나 말거나 조기천은 복잡한 얼굴로 석굴 벽을 훑어보며 말했다.

"이건 그대가 생각하는 것보다 훨씬 규모가 큰 진법이오. 하루 이틀에 끝낼 수 있을 만한 사안이 아니오."

조기천의 말은 엄승도에게 있어서 사형 선고와 다름이 없었다.

엄승도는 죽을상을 하고 조기천에게 말했다.

"노사께 이런 이야기를 하는 게 조금 부끄럽지만 본 교에게는 이제 시간이 얼마 없습니다. 정파의 위선자들이 본 교의 행사를 눈치채고 메뚜기 떼처럼 몰려오고 있거든요. 어떻게 최대한 빨리 안 되겠습니까?"

정파와의 다툼은 피해야 했다.

그것이 바로 교주의 뜻.

그리고 교주의 뜻은 엄승도에게 있어서 율법과도 같은 말이었다.

조기천은 그의 표정을 살펴보며 고개를 끄덕였다.

이들에게도 이들 나름의 절박한 사정이 있음은 알 것 같았다.

오죽이나 급하면 지쳐 쓰러져 있는 초류향을 내버려 두고 자신만 서둘러서 데려왔겠는가?

"이 안에 있는 게 대체 뭐요? 무엇이기에 이렇게 조심스럽게 파훼하려는 것이오?"

조기천은 아직도 천마신교가 어떤 집단인지는 정확하게 모른다.

하지만 그동안 보았던 단편적인 모습들만 생각해도 이들이 얼마나 대단한 집단인지 알 수 있었다.

과연 이곳에 펼쳐져 있는 진법은 천하제일을 운운할 정도로 대단한 것이긴 했다.

그러나 천마신교라 불리는 이들이 마음만 먹었다면 언제고 힘으로 부숴 버릴 수 있었을 것이다.

한데 이들은 그러지 않았다.

극히 조심스럽게 진법에 접근하려 하는 것이다.

그것을 보면 이 안에 있는 무언가가 그들에게 굉장히 중요한 것이라는 말이 된다.

'말을 해 줘야 하나?'

엄승도는 여기서 잠시 갈등했다.

이 노인에게 진실을 알려줘도 될까?

안에 있는 물건에 대해서 이 노인이 알아도 되는 걸까?

고민하던 엄승도는 조금 전에 들었던 우 호법의 전음을 떠올리고 고

개를 끄덕였다.

『조만간 교주님의 후계자가 될지도 모르는 공자니까 최대한 공
손하게 대하도록 해라. 그리고 저 노인장도 본 교의 귀빈이 될 듯
하니 알아서 잘 처신하고. 내 말이 지금 무슨 뜻인지 알지?』

저 정도까지 말해 줬는데 그 말을 못 알아먹으면 그게 등신일 것이
다.
그런데 그 건방진 꼬마가 교주님의 후계자가 되다니?
기련산으로 오는 동안 초류향을 한 번 살리기도 했지만 죽이려고도
했었다.
그저 손님의 제자에 불과하다고 여겼으니까. 더구나 교의 기밀을 지
킨다는 나름의 명분도 있었으니까.
근데 후계자라니? 이게 웬 날벼락이란 말인가?
절대 만만한 꼬마가 아닌데 이젠 자신은 죽은 목숨이나 다름없다.
소교주가 될 사람을 시해하려 했으니……. 그것도 목을 졸라 대롱
대롱 매달고서.
이 말도 안 되는 현실에 비명부터 지르고 싶은 엄승도였지만, 조기
천 앞에선 그런 내색은 하지 않았다.
생각할수록 암담했다.
다른 사람도 아닌 우 호법이 한 말이니 기정사실이나 다름없겠지.
'망했다.'
엄승도가 지금의 사태를 만회할 방법은 하나뿐이다.

적어도 눈앞에 있는 이 노인네한테만은 점수를 잃어서는 안 된다.

초류향과의 관계는 이미 바닥을 쳤지만 이 노인네에게는 그래도 잘해 주지 않았던가?

더구나 초류향이 이 노인네를 사부랍시고 얼마나 따르던가. 그에게 잘 보이면 된다. 그게 살길이다.

"안에 있는 물건은 본 교에 있어서도 매우 소중한 것이라 이렇게 조심스럽게 접근하는 것입니다."

"그것이 무엇이오?"

어떤 물건이냐에 따라서 진법을 파훼하는 방식이 달라진다.

빠르게 파훼하기 위해서는 진법 자체에 어느 정도 손상은 감수해야 했기 때문이다.

엄승도는 신중한 얼굴로 대답했다.

"백 년 전 천하제일인, 도마 악중패. 이곳은 그의 무덤입니다."

조금 더 솔직하게 말하자면 이곳은 도마 악중패의 유산이 잠들어 있는 곳이었다.

그의 경천동지할 무공과 함께······.

천마신교는 그것을 회수하러 이곳에 온 것이었다.

第三章
모르면 직진이지

섬서성(陝西省)의 태백(太白)에는 제법 험준한 산봉우리가 있다.

무화령(武火嶺)이라 불리는 이곳에 두 명의 꼬질꼬질한 소년이 등장한 것은 해가 중천에 떠 있는 정오 무렵이었다.

"……아무래도 길을 잃은 것 같은데?"

호리호리한 체형의 소년이 작게 중얼거리자 앞장서서 걷고 있던 까무잡잡한 피부의 소년이 어깨를 움찔거리며 떨었다.

그러고도 한참 동안 둘은 묵묵하게 길도 없는 산길을 억지로 헤쳐 나가며 앞으로 걸었다.

그렇게 얼마나 걸었을까?

눈앞에 갑자기 널찍한 공터가 나타났다.

"오!"

앞장서서 걸어가던 까무잡잡한 피부의 덩치 큰 소년.

팽가호는 얼굴 가득 환한 웃음을 그리며 기뻐했다.

그러다가 곧 정신을 차리고 자신만만하게 웃어 보였다.

"음화화핫! 어떠냐? 남궁옥빈, 봤느냐? 처음 가 보는 길도 이렇게 능숙하게 찾아가는 이 몸의 능력을? 이 형님을 얼마든지 존경해도 좋다."

호리호리한 체형의 소년.

남궁옥빈은 공터로 나와 주변을 두리번거리며 약간 걱정스러운 표정으로 입을 열었다.

"어찌어찌 길은 찾긴 했는데…… 이곳이 정말 감숙성이 맞을까?"

"어허! 직접 두 눈으로 보고도 아직 이 몸의 능력을 불신하다니…… 믿음이 부족한 친구구먼? 직선으로만 계속 왔으니 당연히 감숙성에 도착했겠지."

"그런 건가……."

남궁옥빈은 머리에 붙은 나뭇잎을 떼어 내며 슬쩍 웃어 보였다.

산에서 직선으로 걸어간다는 것은 사실상 거의 불가능했다.

그럼에도 팽가호의 말에 반박하지 않은 것은 정말로 이곳이 감숙성일 수도 있었기 때문이다.

'지금 와서 생각해 보면 시작부터 참으로 무식한 여행이었다.'

남궁옥빈은 지나온 여정을 떠올리며 쓴웃음을 지었다.

팽가호와 남궁옥빈.

둘 다 아직 어렸고 세상 물정을 잘 몰랐다.

그동안 주변에서 챙겨 주는 것을 거저먹기 바빴기에 이렇게 본인들의 힘만으로 장거리 여행을 하는 것은 처음이었다.

태생부터가 평범하지 않은 귀한 집 도련님들인 것이다.

그래도 다행히 그들은 현명했다.

여행에서 가장 중요한 것.

돈.

그것을 각자 주머니 한가득, 두둑하게 챙겨 나온 것이다.

"일단 돈은 충분하니 최대한 빨리 갈 생각만 해 보자. 혹시 길은 알고 있어?"

남궁옥빈의 별 기대 없는 질문에 팽가호는 한껏 여유롭게 웃으며 말했다.

"후후, 똑똑하다고 알려진 너답지 않게 어리석은 질문이구나, 남궁옥빈. 이곳에서 감숙성까지 가는 길을 모르는 사람도 있던가?"

남궁옥빈은 머쓱한 얼굴로 대답했다.

"난 잘 모르겠는데?"

"감숙성이 어느 방향에 있지?"

"그야…… 서쪽이겠지?"

"바로 그거다."

이때 남궁옥빈은 팽가호의 의견에 반대를 했어야 했다.

설마 대륙의 동쪽 끝에서 출발해 서쪽 끝자락에 위치해 있는 감숙성까지 일직선으로 주파하게 될 줄이야…….

똑똑하다고 알려져 있던 남궁옥빈마저도 이건 미처 예상하지 못했다.

완전 상식 밖의 일인 것이다.

'덕분에 시간은 많이 줄어들긴 했지만.'

남궁옥빈은 옷에 붙어 있는 나뭇가지와 흙먼지들을 툭툭 털어 내며 쓸쓸하게 웃었다.

지금 와서 생각해 보면 너무 늦은 후회였다.

그래도 남궁옥빈은 어느 정도 만족했다.

팽가호 덕분에 돈으로는 살 수 없는 소중한 경험들을 하지 않았던가?

그 험난한 여정들을 겪으며 신체를 단련했고, 여러 가지 생소한 것들을 직접 눈으로 보아 왔다.

그리고 가슴에 남은 한 가지 깨달음.

'모르는 길은 잘 아는 사람에게 물어서 가라.'

남궁옥빈은 지난 이십여 일 동안 겪었던 고생을 떠올리며 몸을 잘게 떨었다.

그 여정은 무공으로 신체를 단련한 남궁옥빈에게도 실로 만만치 않은 강행군이었다.

"이제 어디로 갈까?"

남궁옥빈의 질문에 팽가호 역시 몸에 붙은 잔가지들을 털어내며 느긋하게 대답했다.

"후후, 이제 길이 있으니 이 길을 따라가면 감숙성이 나오겠지."

팽가호가 말을 하던 그때였다.

"감숙성 좋아하고 있네. 그 길을 따라가면 무화채(武火寨)가 나온단다, 꼬맹이들아."

96 수라왕

남궁옥빈과 팽가호는 갑작스럽게 들려온 말소리에 고개를 돌려보았다.

그리고 한숨을 내쉬었다.

십여 명의 사람들에게 어느새 포위되어 있었기 때문이다.

"흐음, 산적인가?"

대충 스무 명쯤 되어 보이는 인원들.

그들을 보며 남궁옥빈이 작게 중얼거리자 팽가호가 고개를 끄덕였다.

그리고 성큼 앞으로 나섰다.

"어이, 거기 형씨. 그쪽이 두목인가 보지?"

"뭐? 형씨? 두목?"

제일 전면에 서 있던 우락부락한 덩치의 사내가 눈썹을 꿈틀거렸다.

철수(鐵手) 심덕훈(諶德訓).

무화채의 채주인 그는 단숨에 기분이 불쾌해져 버렸다.

채주라는 좋은 단어를 놔두고 두목이라니? 동네 파락호들도 아니고…….

그는 기분이 몹시 언짢아졌다.

'근래에 내가 이런 건방진 말을 언제 들어 봤었지?'

아무리 생각해 봐도 이제는 기억도 나지 않는 먼 옛날의 일들이었다.

제일 마지막에 저런 시건방진 말을 내뱉었던 놈의 혀를 뽑아내서 나무에 매달아 놓았던 기억이 끝이니까.

최근에는 항상 잘 보이려는 부하들의 아부와 계집들의 애교 어린 말만 들어와서 그런지 이런 막말은 정말 오랜만인 심덕훈이었다.

거기까지 생각이 미치자 심덕훈의 얼굴이 제법 흥미진진해졌다.

'그러고 보니…….'

저놈들은 한눈에 보아도 새파란 애송이들이다.

강호에서 찬밥 더운밥 가리지 않고 돌아다니며 이십 년 칼 밥 인생을 보낸 그에 비하면 말 그대로 햇병아리에 불과한 놈들인 것이다.

그런데 보자마자 대뜸 저런 건방진 말투라니?

저것들이 지금 죽고 싶어서 환장한 것일까?

아니면 뭐 믿는 구석이 있나?

문득 거기까지 생각하자 찜찜한 마음이 들었다.

때문에 심덕훈은 놈들이 하고 있는 꼬락서니를 자세히 들여다보았다.

그러곤 너털웃음을 지었다.

'내가 괜한 걱정을 했군.'

나이가 드니 헛걱정만 느는 모양이었다.

애송이들이 입고 있는 옷은 군데군데 찢겨 있었고, 며칠을 빨지 않았는지 온통 흙먼지투성이였다.

그냥 길을 잃고 헤매다가 이곳이 감히 어딘지도 모르고 기어들어 온 잡놈들이 분명했다.

여기까지 생각을 정리한 심덕훈은 깊은 한숨을 내쉬었다.

아무래도 오늘은 벌건 대낮부터 피를 봐야 할 팔자인 듯했기 때문이다.

"헤헤, 채주님. 고정하시지요. 아직 아무것도 모르는 애기들 아닙니까?"

"그럼 부채주, 네가 쟤들 몫까지 처맞아 볼래?"

옆에 있던 부채주 서상준은 심덕훈의 험악한 눈살에 조용히 구석으로 찌그러졌다.

심덕훈은 그 모습에 머리끝까지 차올랐던 분노를 조금 가라앉히고 시건방진 애기들을 한 번 훑어보았다.

"어디에서 빌어먹던 놈들인지는 모르겠지만 주변을 둘러보고도 사태 파악이 안 되는 거냐? 네놈들 눈깔은 장식용인가 보지?"

팽가호는 주변을 몇 번 두리번거리더니 고개를 몇 번 갸웃했다.

무슨 소리인지 이해가 잘 안 되는 모양이다.

그리고 팽가호는 다시 자신의 할 말만 했다.

"어이 형씨, 근데 무화채가 대체 어디 붙어 있는 산채야? 감숙성이 맞겠지? 우리 많이 급하거든."

"이 애새끼가……."

심덕훈의 이성은 거기까지였다.

그의 분노를 대변하는 듯 주변에 있는 수하들이 재빨리 팽가호와 남궁옥빈에게 달려들었기 때문이다.

곧 들려올 호쾌한 매타작 소리와 함께 저 애새끼들은 굴비처럼 둘둘 엮여서 그의 앞에 무릎 꿇려질 것이다.

그렇게 생각하며 조금씩 화를 가라앉히고 있던 심덕훈은 곧 의아한 얼굴을 했다.

뒤에 조용히 서 있던 꼬마가 갑자기 언제 뽑았는지도 모르게 검을 들고 있는 게 아닌가.

너무도 깔끔한 발검술.

거기까지만 해도 그러려니 했다.

그런데 앞에 서 있던 덩치 큰 애새끼까지 언제부턴가 무식하게 생긴 칼을 뽑아 들고 투덜거리는 게 아닌가.

"아, 씨. 귀찮게 지금 뭐하자는 거야?"

그러곤.

퍼퍼퍽—

"크악!"

"커헉!"

심덕훈의 눈이 빠져나올 만큼 크게 떠졌다.

수하들이, 그의 믿음직한 수하들이 일방적으로 얻어터지며 나가떨어지고 있었기 때문이다.

꼬맹이들은 보통내기가 아니었다.

아니, 사실 보통내기가 아니라 저 정도면 능히 일류 수준의 고수가 아닌가?

길거리에서 한두 수 허접스럽게 배운 무공이 전부인 산적들이었다.

한마디로 삼류 수준.

애초에 그들로는 일류 수준에 이른 꼬맹이들의 상대가 될 순 없었다.

꼬맹이들의 칼질과 검 놀림 한 번에 보이는 그 깔끔한 상승 경지에 심덕훈은 속으로 부르짖었다.

'더러운 명문세가!'

저놈들은 그 이름 높고, 콧대 높기로 유명한 명가의 자제들이 분명

했다.

순혈을 더럽게도 따지는 그놈들.

'명문세가에서 일 년의 무게는 바깥세상의 십 년과도 같다.'

그것이 강호에서 떠도는 소문이었고, 또 사실에 가까운 말이기도 했다.

그들이 세가 내에서 얼마나 혹독한 훈련을 하고 수련에 몰두하는지는 모르지만, 단지 그들의 일원이라는 것만으로도 강호에서는 충분히 인정받을 정도였으니까.

한데 대체 왜?

그렇게 대단한 놈들이 따라다니는 시종이나 호위 한 명도 없이 이런 험준한 산길을 방황하고 있다는 말인가?

심지어 옆에 저렇게 멀쩡한 길을 내버려 두고 대체 왜?

'이런……'

이건 된통 잘못 걸린 느낌이다.

아까부터 피를 볼 것 같은 예감이 계속 들더라니 설마 그 피가 자신의 피가 될 줄이야.

심덕훈은 속으로 계속 투덜거렸다.

처음부터 저놈들이 그쪽에 연관된 종자들인 것을 알았으면 이런 큰 실수를 저지르지 않았을 것이 아닌가!

순 억지겠지만 이건 저 애새끼들의 탓도 있었다.

심덕훈이 그렇게 속으로 넋두리를 늘어놓고 있는 그 잠깐 사이에 이미 상황은 종료되었다.

실력 차이가 워낙 월등하게 나다 보니 팽가호나 남궁옥빈은 쓸데없는 피를 묻히지 않고 산적 모두를 바닥에 눕혀 놓았던 것이다.

수하들의 끙끙 앓는 신음소리를 들으며 심덕훈은 정신을 차리고 재빨리 수습에 나섰다.

"어디서 오신 공자님들이십니까?"

조금 전까지 기세등등하던 모습은 간데없이 사라지고 말투는 어느새 비굴할 정도로 공손해져 있었다.

"그건 형씨가 알 거 없고, 대체 여기가 어디야?"

팽가호의 질문에 대답이 곧장 튀어나갔다.

"예, 공자님. 여기는 섬서성 태백에 위치한 무화령 고개입니다. 더 궁금하신 것은 없으신지요?"

"뭐? 섬서성? 무화령? 형씨, 뭔가 착각한 거 아니야? 섬서성이 아니라 감숙성이겠지."

심덕훈은 잠깐 난감한 얼굴을 해 보였다가 곧장 입을 열었다.

"공자님, 저는 여기서 지난 오 년 동안 쭈욱 영업을 해 왔습니다……. 헤헤."

자연스럽게 허리를 굽히는 심덕훈을 보며 팽가호는 고민에 빠졌다.

그는 뒤에 있는 남궁옥빈의 시선을 신경 쓰며 조용히, 되도록 작게 속삭이듯 물어보았다.

"형씨, 그럼 감숙성은 여기서 많이 먼가?"

"예? 아닙니다. 이 반대쪽 길을 따라 쭈욱 가시면 대로가 나옵니다. 그 길을 따라 마차를 타고 하루 동안 가시게 되면 곧장 감숙성입니다. 헤헤."

"뭐야? 그럼 다 온 거였잖아?"

팽가호는 얼굴에 화색을 띠며 다시 기세등등해진 표정으로 남궁옥
빈을 바라보았다.

"어때? 완벽하지?"

남궁옥빈은 그동안 겪어 봐서 팽가호의 성격을 어느 정도 알게 되었
기에 피식 웃으며 입을 열었다.

"그래, 잘했다."

"형은 이런 남자야."

팽가호와 남궁옥빈은 서로를 보며 웃었다.

그러다 팽가호가 불쑥 말했다.

"거의 다 왔는데 밥부터 먹고 갈까?"

"어디서?"

팽가호가 음흉한 웃음을 지으며 심덕훈 쪽으로 슬쩍 눈길을 보냈
다.

그 눈길을 따라간 남궁옥빈은 볼을 긁적이며 작게 말했다.

"……좋은 생각이다."

팽가호는 남궁옥빈이 동의하자 자연스럽게 뒤를 돌아보았다.

"형씨, 여기 밥은 맛있나?"

"예?"

심덕훈이 뜬금없는 말에 당황한 얼굴을 할 때.

팽가호가 자연스럽게 다가와 어깨동무를 하며 말했다.

"오랜만에 몸을 움직였더니 배가 고파서. 밥 좀 주라, 응?"

"아…… 예."

심덕훈은 일단 식은땀을 닦은 후 말했다.

"이렇게 소년 영웅님들을 만났는데 당연히 저희가 대접해 드려야죠. 찬은 변변치 않겠지만 산채로 가시죠."

"나 입맛 까다로운데. 음식 맛이 없으면 난폭해져."

"……숙수에게 최대한 신경 쓰라 일러두겠습니다."

이 시커먼 새끼는 정말 나중에 뭐가 돼도 확실하게 될 놈이었다.

도적놈의 밥을 도둑질해 먹으려 하다니…….

오늘은 그저 일진이 사나운 정도가 아닌 것 같다.

심덕훈은 알 수 없는 불안감에 휩싸이며 그들을 산채로 안내해 갔다.

즐거운 듯한 두 사람과 울상을 한 무리들이 그렇게 무화령 고개를 넘고 있었다.

*   *   *

조기천이 진법을 살펴보고 이리저리 견적을 내고 있는 동안 초류향은 방 안에 지쳐 쓰러져 있었다.

하지만 침상에 누워서 눈은 감고 있어도 막상 자려고 생각하면 잠이 오지 않았다.

그래서 눈을 감은 상태로 생각을 했다.

정관법.

그것이 이상해졌기 때문이다.

뭐라 콕 집어 말할 수는 없었지만 어딘가가 변해 있었다.

그 미묘한 변화를 감지한 것은 교주인 공손천기를 만난 직후였다.

그전에는 뭐라 해야 할까?

대수롭지 않게 받아들였던 것들이었다.

하지만 그것은 교주를 만나면서 너무도 뚜렷하게 다가왔다.

'정확하게 언제부터였을까?'

곰곰이 생각하자 바로 답이 나왔다.

'그때부터였던가?'

엄승도가 건네준 천마령단을 먹은 후.

부작용 때문에 엄승도의 내공을 사용해서 주화입마를 치료한 이후부터 정관법이 어딘가 미묘하게 변해 버렸다.

'고장이라도 난 건가?'

교주의 머리 위로 보였던 그 붉은 눈.

그것은 분명 허상이 아니었다.

정관법으로 풀어 보아도 뚜렷한 실체를 가지고 초류향을 쏘아보았으니까.

초류향은 천천히 눈을 뜨고 천장을 바라보았다.

그러자 천장을 비롯한 주변 모든 것들의 숫자가 보이기 시작했다.

'확실히 변했다.'

예전에 정관법을 사용하기 위해서는 호흡을 고르고 정신을 집중해야 했다.

하지만 지금은 아니었다.

이젠 마음만 먹으면 저절로 숫자들이 눈에 보였던 것이다.

게다가 그 숫자들은 마치 살아 있는 생명체처럼 초류향의 주변을 맴돌고 있었다.

마치 쓰다듬어 달라는 것처럼 주변을 왔다 갔다 하다니……

이건 마치…….

'살아 있는 것 같잖아?'

초류향이 거기까지 생각했을 때.

귓가에 익숙한 노인의 음성이 들려왔다.

[항상 눈에 보이는 것만이 전부는 아니지.]

노인은 그렇게 운을 뗀 후 잠시 시간을 두고 입을 열었다.

그의 음성에는 그답지 않게 무언가 마뜩잖은 감정이 섞여 있었다.

[어린아이에게 보검을 쥐여 주는 것 같아 탐탁지 않지만, 어차피 지금의 너라면 자연스럽게 알게 될 테니 미리 알려 주는 것이다.]

초류향은 숨죽이고 기다렸다.

아마도 노인이 무언가 새로운 가르침을 줄 생각인가 보다.

그 예상은 정확하게 들어맞았다.

착환법(捉換法).

노인에게 두 번째로 배운 산법의 이름이자 세상 만물에 존재하는 숫자들을 임의로 바꿀 수 있는 방법이었다.

그리고 이것은 정관법처럼 단순히 보는 것에서 그치는 것이 아니라, 실질적으로 유용하게 써먹을 수 있는 무서운 힘이었다.

第四章
정마대전의 불씨

　천마신교를 처단하기 위해 각지에서 모여든 정도맹의 무인들은 현재 오천 명에 달할 정도로 그 수가 어마어마했다.

　계속해서 인원이 보충되고 있었기에 격전의 날이 되면 팔천 명은 족히 될 거라는 예상이 나오고 있었다.

　그 많은 머릿수 때문에 정도맹의 감숙 분타는 지금 골머리를 썩이고 있었다.

　분타 내에 머물 수 있는 인원은 한정적이었고, 현실적으로 그들 전부를 수용할 수 없었다.

　때문에 감숙 분타는 근방의 객잔을 통째로 빌려서 밀려드는 사람들을 감당하고 있었는데 이제는 그것마저도 힘들게 되었다.

　인원이 정말 어마어마하게 몰려들고 있었기 때문이다.

정파의 협의지사라는 인간들이 몽땅 몰려들고 있으니 이제는 아예 천막을 쳐 놓고 사람을 받는 수밖에 없을 정도였다.

"일 년간 봉문을 선언한 제갈세가를 제외하고 정도맹에 소속된 모든 문파에서 정예들을 보내왔습니다. 현재까지 오천 명의 고수가 맹주님의 명령을 기다리고 있고, 사흘 후 그 날까지 추가로 이천 명 이상은 확보될 듯합니다."

정도맹 총군사.

신기묘수(神技妙手) 상관중달.

이제 육십 줄에 접어든 노학사인 그가 공손한 태도로 누군가에게 보고를 올리고 있었다.

현 강호에서 그가 이렇게 예의를 갖춰야 할 사람은 몇 없었다.

그리고 그 몇 없는 사람들 중에서도 눈앞에 있는 사람은 아주 특별했다.

그가 바로 현 정도맹의 맹주이자 삼황의 하나인 태극검황 백무량이었기 때문이다.

"사람들을 번거롭게 했어. 미안한 일을 했네."

"사마를 척결하는 일입니다. 다들 맹주님의 결정을 존중하고 있을 겁니다."

"그러려나……."

백무량.

신선처럼 허허로운 분위기의 그가 갑자기 입술을 비죽거리며 웃었다.

"한데 과연 그들이 내 명령 때문에 움직인 걸까? 그러기엔 너무 정예들만 데려왔구먼."

상관중달의 입가에도 희미한 미소가 그려졌다.

"다른 노림수가 있겠지요."

"자네가 꾸민 일인데 어련하시겠는가."

"전 그들에게 숨겨진 진실을 조금 알려 주었을 뿐입니다."

숨겨진 진실.

그것은 바로 마교가 과거 천하제일인이었던 도마 악중패의 무덤을 노리고 있다는 사실이다.

그 극비 사항을 일부러 조금 흘렸다.

그러자 반응이 아주 즉각적으로 나타났다.

정도맹 소속 문파들이 최정예 무인들만 고르고 골라서 보내왔던 것이다.

분명 마교의 척결보다는 비급에 대한 욕심 때문일 터.

정도맹에서는 그것을 모르는 척 눈감아 주고 있었다.

"그나저나, 천마신교에서는 누가 나왔는지 아직 밝혀진 게 없는가?"

"예. 그쪽이 워낙에 첩자가 잠입하기 어려운 조직 체계다 보니, 내부의 상황에 대해서는 아직까지 알려지지 않고 있습니다."

"쯧, 그 부분이 늘 문제란 말이야."

천마신교는 사교 집단의 특성상 외부의 인력이 잠입하기가 대단히 어려웠다.

어찌어찌 잠입에 성공한다 하더라도 한직에서만 맴돌 뿐, 중심부로 들어간 적이 단 한 번도 없었다.

천마신교만이 지닌 이러한 폐쇄성은 정보 차단에도 유용했다.

"지금쯤이면 흑월회도 눈치챘겠지?"

"예. 그들도 아마 눈치챘을 겁니다."

"그쪽에선 누가 나섰는가?"

"추혈군이 온다더군요."

"호오? 상동하, 그 친구가 직접 말인가?"

"예, 맹주님."

"이거 일이 재미있어지겠구먼."

태극검황 백무량은 손가락으로 탁자를 경쾌하게 탁탁 두들기다 입을 열었다.

"그런데 정말 계획대로 일이 진행될 거라고 생각하나?"

상관중달은 피식 웃으며 말했다.

"맹주님께서는 이런 일이 언제 계획대로 되는 걸 보셨습니까?"

"그렇겠지? 그럼 이번에는 또 어떤 문제가 터지려나. 자네가 예측 못 할 변수가 뭐가 있을지 궁금하구먼."

"다른 변수들은 둘째 치고 현재 시점에서 예측 가능한 최악의 상황만 일어나지 않으면 좋겠습니다."

"최악의 상황이라……."

백무량의 입가에 장난스러운 미소가 그려졌다.

"그의 존재를 말하는 건가?"

"예."

"나로서는 장담할 수 없다, 이거겠지?"

"현재로서는 그렇습니다."

총군사의 대답에 백무량은 섭섭한 얼굴을 해 보였다.

"같은 삼황 중 하나인데 어째서 내가 그보다 약할 것이라 생각하는가?"

그들이 말하고 있는 인물.

그것은 바로 암흑마황 공손천기였다.

"맹주님이 질 거라는 생각은 단 한 번도 해 본 적이 없습니다. 오해하지 마시기를……."

"그런데?"

"다만 둘이 만나서 승부를 겨루는 것은 가급적 피해야 한다는 게 제 결론입니다."

"그냥 내가 그를 꺾으면 되는 것이 아닌가?"

"그렇게 해도 일이 복잡해지겠지만, 최악의 경우는 그리하셔야겠지요."

"복잡하구먼."

상관중달은 흐릿하게 웃었다.

하긴 천생 무인인 백무량은 이해하기 어려울 것이다.

그는 싸우는 데에만 관심이 있지 대국을 살피는 식견은 조금 부족했기 때문이다.

그럼에도 불구하고 백무량이 맹주라는 제일 높은 위치에 있을 수 있는 것은 그가 가진 압도적인 무력 때문이다.

도대체 어떻게 해야 저렇게 강해지는 것인지 알 수 없을 정도로 어마어마한 무력이 그의 명분이고 힘이다.

'그런 면에서 본다면 천마신교의 공손천기는 정말 대단한 자다.'

압도적인 무력을 지녔고, 대국을 주관하는 식견 역시 가지고 있었다.

인정하고 싶진 않지만 공손천기의 행보 하나하나가 그 모든 것을 입증하고 있었다.

그가 천하를 어둠 속에서 조종하고 있었던 것이다.

이건 확실히 경계해야 하는 일이었다.

'게다가⋯⋯.'

천하삼분지계.

그것을 생각한 사람이 자신 말고 또 있었을 줄이야.

대단한 충격이었다.

어느 한 곳으로 치우치지 않는 균형.

그것을 유지하고 있는 게 본인이 아니라 천마신교였다니⋯⋯.

정도맹 총군사로서 쉽게 인정할 수 없는 일이었다.

모사로서의 자존심에 큰 상처를 받은 것이다.

'이건 확실하게 확인해 봐야 할 문제였다.'

이번 일을 처음부터 지금까지 계획한 것이 바로 상관중달이었다.

맹주를 설득해 직접 움직이게 하고 각 문파에 정보를 흘렸다.

그래서 이 어마어마한 판을 벌인 것이다.

단 한 가지 사실을 확인하기 위해서⋯⋯.

'만약 정말로 천마신교의 공손천기가 균형을 유지하려 한다면 이번 싸움을 어떻게든 피하려 할 것이다.'

하지만 이젠 그러기도 쉽지 않을 것이다.

걸려 있는 판돈이 너무 커져 버린 탓이다.

최악의 경우.

둘 중의 하나는 회복 불능의 엄청난 타격을 입게 된다.

그렇게 되면 균형이 무너진다.

그건 용납할 수 없는 일.

흑월회는 그걸 대비해서 끌어들였다.

둘 중의 하나만 일방적인 타격을 받는다면 분명 균형은 무너진다.

하지만 셋 모두가 회복 불능의 타격을 입는다면 어떻게 될까?

다시 균형은 유지가 될 것이다.

그리고 흑월회 자체가 어느 정도 규모가 있는 큰 세력인 만큼, 천마신교와 정도맹 모두 그 존재를 무시하고 함부로 움직이기는 껄끄러웠다.

'보여 봐라, 암흑마황 공손천기. 그대가 진짜 천하의 주인인지 나에게 보여 봐라.'

만약 공손천기가 싸움을 피하려 하는 움직임을 보인다면 맹 전체를 움직여서 이 싸움을 취소시킬 생각도 가지고 있는 상관중달이었다.

* * *

"재미있는 정보가 있다고?"

신기묘수 상관중달.

그는 맹주를 만나고 나와서 피곤한지 미간 사이를 문지르며 백호대주의 얼굴을 바라보았다.

백호대주.

상관중달의 조카인 상관진걸은 고개를 힘차게 끄덕이며 말했다.

"예, 흑월회 측에 심어둔 저희 요원이 아주 흥미로운 정보를 물어왔습니다."

"흑월회?"

"예. 숙부님께서 유심히 살펴보라고 지시했던 냉하영에 관한 보고입니다. 그래서 제가 직접 이렇게 달려왔습니다."

"냉하영이라……."

피곤해 보였던 상관중달의 얼굴이 대번에 흥미로운 표정으로 바뀌었다.

그동안 암중으로 흑월회의 내분을 끊임없이 조장하고 있던 상관중달이었다.

그게 어느 정도 먹혀서 흑월회는 지금 보이지 않는 내부 알력 때문에 이리저리 균열이 나 있는 상태였다.

장로파의 수장인 추혈군과 현재 흑월회주직을 맡고 있는 냉파천의 대립.

그것이 한계점까지 도달한 상태다.

냉무기가 없는 지금, 당장 무너져도 전혀 이상하지 않은 것이 현재의 흑월회였다.

한데 그 균열을 절묘하게 막고 있는 것이 바로 냉하영이다.

고작 열다섯의 나이.

그 연령대의 어린 계집이면 집에서 자수를 놓거나 어여쁜 장신구들을 모으기 바쁠 텐데 냉하영은 아니었다.

암중에서 모습을 드러내지 않고 양측의 균형을 절묘하게 맞추고 있었던 것이다.

그런 그녀를 단순히 어린 계집이라 생각하면 곤란했다.

"어떤 정보냐?"

숙부의 변한 표정을 살펴보던 상관진걸은 만족한 웃음을 그리며 대답했다.

"그녀는 사람을 찾고 있었습니다."

"사람?"

"예. 냉하영이 직접 특급 지령을 내렸다고 했습니다. 때문에 흑월회에서 지금 모든 촉각을 세우고 정보를 모으고 있었습니다."

"그래? 누구를 찾고 있었느냐?"

"바로 이 녀석입니다."

상관진걸이 내미는 문서를 받은 상관중달은 고개를 갸웃거렸다.

첫 장부터 처음 보는 이름이 적혀 있었기 때문이다.

"초류향? 창천표국?"

"예. 창천표국의 후계자입니다. 이제 열한 살이 되었지요."

두툼한 분량의 보고서를 받은 상관중달은 곧 그것을 덮으며 이해가 안 된다는 얼굴을 해 보였다.

"고작 꼬맹이 하나를 왜 냉하영이 찾고 있다는 말이냐."

"그 부분에 대해서도 자세히 알아봤습니다. 그 보고서에 필요한 내용을 다 적어 놓았습니다."

"지금 한가하게 이런 보고서를 읽고 있을 시간이 없다. 네가 직접 말해 봐라."

상관진걸은 숙부의 재촉을 받고 당황한 얼굴을 해 보였다.

늘 절차를 밟고 신중하게 일을 진행하는 숙부였다.

그런데 이렇게 재촉하다니?

그건 그만큼 이 사안을 중요하게 생각한다는 뜻이 아닌가?

상관진걸의 얼굴이 한껏 신중해졌다.

"냉하영은 초류향이라는 아이가 천마신교와 연관이 있다고 생각하고 있었습니다."

"천마신교?"

"예."

"왜?"

갑자기 왜 천마신교가 나온다는 말인가?

상관중달은 선뜻 이해가 되지 않았다.

그러다가 조카의 이어지는 보고를 받고는 얼굴을 굳혔다.

"그녀는 아무래도 천마신교와 모종의 접촉을 한 것 같습니다."

상관중달의 얼굴색이 급변했다.

이건 그냥 넘길 사안이 아닌 것이다.

"천마신교와 흑월회가 접촉을 했다? 확실하더냐?"

"여기에 제 목을 걸 수 있습니다."

상관진걸의 확신 어린 보고에 상관중달은 고개를 끄덕였다.

그리고 계속 말해 보라는 손짓을 했다.

숙부의 행동에 상관진걸은 잠시 입을 다물고 머릿속에 저장되어 있던 정보들 중 중요한 것들을 선별하기 시작했다.

그리고 그것을 천천히 말했다.

"천마신교의 인물들과 접촉을 했던 냉하영은 곧장 감숙 분타로 돌아가 그녀가 동원할 수 있는 모든 정보력을 다 동원해서 초류향이라는 아이를 찾고 있었습니다. 그 움직임이 제법 소란스러웠기에 본 맹의 첩자도 수월하게 그것과 관련된 정보들을 수집할 수 있었지요."

"외부에 알려질 것도 감수한 채 정보를 모은다? 꽤나 급한 일인가 보군."

"예. 서두르고 있었습니다. 하지만 그렇게 서두르고 소란을 피운 것에 비해서 정보량은 대단히 적을 겁니다. 저희 측에서 계속 공작을 하고 있거든요."

"그건 네가 내린 지시더냐?"

"예. 상황이 상황인지라 일단 제 판단으로 그렇게 지시했습니다. 혹시 문제가 있는 것인지……."

"아니다. 제법 잘했구나."

상관진걸은 숙부의 칭찬에 밝은 얼굴을 해 보였다.

평소 칭찬에 대단히 인색한 숙부였기 때문이다.

"초류향이라……."

뜬금없는 꼬맹이의 등장이었다.

상관중달은 무언가 골똘히 생각했다.

그러다 곧 입을 열었다.

"그러고 보니 방금 냉하영이 지금 감숙 분타에 있다고 했느냐?"

"예. 흑월회의 감숙 분타에 와 있습니다."

"그럼 기련산의 일 때문에 직접 왔다 이건가? 본 맹의 영역으로 들어오다니 무모하구나."

"무슨 용무 때문에 온 것인지는 아직 알아내지 못했습니다. 조사해 보겠습니다."

"시기상으로 보면 천마신교 때문인 게 맞을 게다. 아무래도 추혈군 상동하 장로와 따로 움직인 모양이군."

"어떻게 하면 좋겠습니까?"

상관중달은 생각에 잠겼다.

그리고 말했다.

"변수는 되도록 줄여 놓는 게 좋겠지. 그녀가 이곳에 있는 것을 상동하 장로 측에 흘려라. 그리고 추가적으로 그녀가 알아보고 있는 정보에 대해서도 알려 주는 게 좋겠지."

"알겠습니다."

"대세에 큰 영향은 없겠지만 예측이 불가능한 건 없애는 게 좋으니까."

"서둘러서 일을 진행하겠습니다."

"그래, 어서 가 보거라."

"예, 숙부님."

상관중달은 이때까지도 이 보고서에 적혀 있는 초류향이라는 아이가 차후에 어떻게 자신과 얽히게 될 것인지 짐작조차 하지 못했다.

*　　　*　　　*

"검황기가 확실히 좋긴 좋은 모양일세. 일 년에 한 번 보기 어려운 얼굴들을 이렇게 다 보게 되다니. 허허……."

태극검황의 말에 정도맹에 속한 여러 문파의 주인들이 어색한 웃음을 입가에 그렸다.

"뭐, 다들 바쁘니까 내가 이해해야지. 뒷방 늙은이를 만나러 한 번도 와 보지 않는 걸 서운하게 생각하면 옹졸한 늙은이라고 뒤에서 욕먹을 게 아닌가?"

"맹주님의 입담은 여전하십니다그려."

늙은 거지.

강호 모든 거지들의 왕이자 개방의 방주인 태을신개가 넉살 좋게 대꾸하자 대전 안의 무거운 분위기가 조금은 풀어졌다.

맹주는 그런 태을신개를 힐긋 본 후 웃으며 말했다.

"자네도 많이 늙었구먼."

"같이 세월을 먹는데 저만 안 늙겠습니까? 맹주님."

"코흘리개 때 본 것이 어제 같은데 정말 많이 늙었어."

"……또 언제 적 이야기를 하시려고 분위기를 잡으시는 겁니까?"

맹주는 애잔한 눈길로 태을신개를 한 번 바라보며 작게 중얼거렸다.

"자네를 보면 구화산에서 내 바짓가랑이를 붙잡고 살려 달라고 애원했던 어떤 거지가 갑자기 떠오르는구먼. 그때는 그래도 귀여운 맛이라도 있었는데……."

"나 참……. 왜 갑자기 삼십 년도 더 지난 이야기를 꺼내시는 겁니까?"

태을신개가 얼굴이 벌게지며 항의했지만 맹주는 장난을 멈추지 않았다.

"허어, 이제는 늙었다고 목숨을 구해 준 은인도 몰라보고 대드는 것을 보니 세월이 참 무심하네그려. 머리 검은 짐승은 함부로 거두는 게 아니라더니……. 역시 옛말이 틀리지 않군그래."

"맹주님, 제발…… 장난은 그만하고 본론으로 넘어갑시다."

태을신개는 애원하는 얼굴로 맹주에게 빌었다.

이래서 이 자리에 나오기 싫었던 것이다.

여기 있는 일파의 대표자들은 모두 맹주와 과거에 어떤 식으로든 연관이 되어 있었다.

그것이 대부분 남에게 밝히기 싫은, 어둡거나 부끄러운 과거라는 게 그들의 공통점이었다.

맹주는 잠시 태을신개의 얼굴을 살펴보다가 곧 다 이해한다는 얼굴로 선선히 고개를 끄덕였다.

"늙은 거지가 저렇게 원하니 그럼 장난은 이쯤 하겠네. 바로 본론으로 들어가지."

그 장난을 왜 자기한테만 치는 걸까?

태을신개가 목구멍 바깥으로 볼멘소리가 튀어 나가려는 걸 가까스로 억제하고 있을 때 맹주가 입을 열었다.

"다들 천마신교를 때려잡으러 이 먼 곳까지 와 줘서 너무 고맙네. 맹주로서 그대들의 노고를 치하하는 바일세."

일파의 대표자들은 모두 고개를 끄덕였다.

물론 표면상으로는 맹주가 검황기를 움직였기에 이곳에 왔지만 다들 속셈은 따로 있었다.

'악중패의 월인도법.'

겉으로 드러내어 말하지는 않아도 모두 그것을 노리고 여기 이 자리에 온 것이다.

천마신교는 그 와중에 때려잡을, 일종의 구실에 불과했다.

"다들 이렇게 본 맹을 위해 고생하는데 내가 그대들에게 딱히 해 줄 것은 없고……. 한 가지 구미가 당기는 제안을 하도록 하겠네. 이건 군사와도 따로 상의가 되지 않은 오로지 나 혼자만의 결정이지. 하지만 자네들 모두 만족할 만한 제안일걸세."

회의에 참석해서 맹주의 뒤에 서 있던 상관중달의 얼굴이 곤혹스러움으로 물들어 갔다.

대체 무슨 이야기를 하려고 이렇게 거창하게 포장하는 것일까?

불안한 느낌이 엄습해 왔다.

"난 솔직히 자네들이 본 맹의 검황기보다 어떤 개인적인 목적 때문에 이곳에 왔다는 걸 알고 있네. 씁쓸한 이야기지만 이게 현실이겠지. 이해하네."

대전 안에 있던 대표자들의 얼굴에 저마다 묘한 표정들이 떠올랐다.

서로가 은밀하게 월인도법의 행방에 대해 수소문하고 있는 상태였다.

아무래도 밖으로 공개하기 조금 부담스러운 일이라 서로가 쉬쉬하고 있는데 대체 무슨 이야기를 하려고?

"그래서 맹주의 권한으로 제안을 하나 하지. 솔직하게 말해서 자네들은 월인도법 때문에 이곳에 왔겠지? 그럼 그걸 주겠네. 가져가시게나."

"……!"

"가장 먼저 그것을 발견하고 차지하는 문파에게 그 소유권을 인정해 주겠다는 말일세. 어떤가? 이 정도면 제법 구미가 당기는 제안이 아닌가?"

"오오! 맹주님, 지금 그 말이 사실이오?"

태을신개가 묻자 태극검황 백무량은 고개를 끄덕였다.

"난 항상 진실만을 말한다네. 자네는 알잖은가? 내가 얼마나 진솔한 사람인지."

태을신개가 고개를 갸웃거리다가 곧 수긍했다.

생각해 보니 그가 거짓말하는 모습을 본 적이 없었던 것이다.

그 모습에 하북팽가의 가주 팽무천(彭蕪淺)이 크게 웃으며 말했다.

"크하하핫! 맹주께서 화끈해서 좋구려. 이 팽 모는 오늘 맹주님을 다시 보게 되었소이다."

"내가 예전부터 좀 대범하다는 이야기는 많이 들었다네. 허허허."

상관중달은 뒤에 서서 멍청하게 입을 벌렸다.

이건 전혀 예상하지 못했던 전개였다.

'내가 사람을 잘못 보고 있었던가.'

지금의 맹주는 단순히 무공만 잘하는 식견이 짧은 사람이 아니었다.

그는 누구보다도 정확하게 정황을 바라보고 있었고, 또 그 정황을 자신에게 유리하게 만드는 방법도 잘 알고 있었다.

'게다가……'

교활한 모습까지 가지고 있었다.

싸움에 소극적이었던 대전 안의 분위기가 어느샌가부터 천마신교와 죽기 살기로 싸우자는 분위기로 바뀌고 있었던 것이다.

사람들의 마음을 움직이는 방법.

'용인술(庸人術)의 대가였군, 맹주는……'

맹주는 대전 안에서 뿜어져 나오는 후끈한 열기를 느끼며 뒤를 슬쩍 바라보았다.

그곳에는 창백한 얼굴의 상관중달이 서 있었다.

『자네가 그동안 어떤 그림을 그리고 있었는가는 이제 상관이 없게 되었네. 사실 그동안 강호가 너무 평화스러웠지 않나? 나는 그런 강호 가 마음에 들지 않았네. 강호는 결국 힘으로 모든 것이 결정되는 게 맞 겠지.』

맹주는 처음부터 이렇게 될 것을 예상했던 모양이다.

'나는 헛똑똑이였군.'

상관중달은 맹주의 전음을 들으며 깨끗이 포기한 듯 입가에 쓴웃음 을 그렸다.

맹주는 손안의 손오공을 보는 부처님처럼 그가 꾸미고 있는 모든 것 을 처음부터 예상하고 있었던 모양이다.

그리고 계속 지켜보다가 가장 적절한 시기에 결정적인 한 방을 날린 것이다.

그것은 상관중달에게 큰 충격을 주었다.

'좋은 공부를 했다.'

상관중달은 씁쓸한 패배감을 느끼며 맹주를 향해 고개를 숙여 보였 다.

가르침을 내려 준 것에 감사하다는 의미다.

그 모습을 보며 맹주는 웃었다.

이제 드디어 강호에 힘이 지배하는 시대가 올 것이다.

'너무 오래 기다리지 않았나.'

고인 물은 언제고 썩기 마련이다.

한 번쯤은 무리해서라도 물꼬를 터 줄 필요가 있다.

그것이 맹주의 생각이었고, 그의 이번 결정으로 인해 엄청난 피바람이 강호에 몰아치게 될 것이다.

제1차 정마대전은 그렇게 시작되려 하고 있었다.

第五章

사제의 정

"사부."

"왜?"

"사부는 내가 왜 좋아? 똑똑해서? 하나를 가르치면 열을 알아
서?"

"……어디서 개방구 같은 소리를 배워 왔냐, 너."

어린 공손천기는 나뭇가지에 앉아 있는 중년인을 바닥에서 올
려다보며 말했다.

"그럼 왜 날 선택한 거야? 다른 사형들도 있었잖아."

"내가 널 선택했다고 생각하느냐?"

"그럼 아니야?"

붉은 머리의 중년인.

전대 천마신교의 교주이자 지옥마제라 불렸던 그가 어이없다는 얼굴을 해 보였다.

그러다 피식 웃으며 대꾸했다.

"사부는 제자를 선택하지 않아. 언제나 선택은 제자가 하는 거지."

"그게 무슨 소리야?"

"너도 나중에 제자를 받아 보면 알 거다."

"그래?"

어린 공손천기는 고개를 갸웃했다.

그 모습을 위에서 내려다보던 지옥마제가 말했다.

"근데 너, 요새 내 소원이 뭔 줄 아냐?"

"뭔데?"

"제발 너 같이 되바라진 놈이 네 제자로 들어갔으면 좋겠다는 거다. 내 칠십 평생 너 같은 생또라이는 처음이거든."

"칭찬이야, 그거?"

어린 공손천기가 해맑은 얼굴로 되묻자 지옥마제는 하늘을 올려다보며 중얼거렸다.

"……요새 들어 사부님이 보고 싶다. 내가 아무래도 전생에 지은 죄가 많은갑다."

"착하게 살아, 사부."

어린 공손천기의 질책에 지옥마제는 허허롭게 웃었다.

"그래야지. 이미 너무 늦은 것 같다만……."

"근데 사부의 사부는 어떤 사람이었어?"

"내 사부 말이냐?"

"응. 사부의 사부."

"우리 사부님이라……. 흐흐, 그야말로 무식한 영감탱이었지."

어린 공손천기는 살짝 놀라는 얼굴을 해 보였다.

그리고 물었다.

"사부만큼?"

"……가끔 네놈을 보면 이게 진심인지 약을 올리는 건지 모를 때가 있다. 그게 날 미치게 해."

"난 항상 진심이야, 사부."

"그게 더 화나. 이 빌어먹을 제자 놈아."

"화내지 마, 사부. 건강에 해롭대. 마의(魔醫) 아저씨가 저번에 약도 챙겨 줬잖아."

"썩을……. 내가 누구 때문에 그 약을 먹는 건데? 도대체 이 또라이 놈 말고 눈에 차는 놈이 없는 현실이 너무 슬프다."

지옥마제는 그렇게 신세 한탄을 하며 어린 공손천기에게 본인의 무공을 전수했다.

그리고 수십 년의 시간이 지나 공손천기는 과거 스승님과 함께 이야기를 나누었던 그 자리에 홀로 서서 하늘을 보고 있었다.

"사실 그때 장난 좀 친 거야, 사부. 사부 반응이 너무 재미있었거든."

공손천기는 히죽 웃으며 그때와 똑같은 자리에 서 있는 아름드리나무를 손으로 매만졌다.

"그런데 그땐 솔직히 농담인 줄 알았는데 정말이었네. 사부가 제자를 선택하는 게 아니라 제자가 사부를 선택하는 거였어. 이제 사부 말이 조금 이해가 돼."

거친 나뭇결을 손바닥으로 만지며 공손천기가 계속 혼자 중얼거렸다.

"가끔이지만, 이럴 때는 사부가 보고 싶긴 해. 사부의 그 단순 무식함이 부러울 때가 있어. 지금 같은 경우에는 말이야."

제자를 선택하는 건 사부가 아니다.

선택할 기회를 주는 것뿐이지 언제나 최종적인 결정은 제자가 하는 것이다.

"초류향이라 했었나? 난 그 녀석이 사부의 소원대로 되바라진 녀석이었으면 좋겠어. 우유부단한 놈은 영 별로거든. 차라리 사나운 놈이 낫지."

공손천기는 하늘을 바라보다가 과거 사부였던 지옥마제가 좋아했던 나뭇가지로 몸을 날렸다.

그리고 그 자리에 걸쳐 누우며 말했다.

"생각해 보면 난 처음부터 사부가 내 사부가 될 거라는 생각을 했던 것 같아. 그랬으니 그때 날 후계자로 삼겠다고 했을 때 거절하지 않았겠지."

공손천기는 나뭇가지에 누워 나뭇잎과 가지들 사이로 보이는 하늘을 보며 웃었다.

"근데 여기 제법 경치가 좋네. 사부가 과연 좋아할 만한 곳이야."

맨 처음.

생각해 보니 천마신교의 본산이 아닌 감숙 분타에서 지옥마제를 처음 만난 공손천기였다.

이곳에서 초류향을 만난 것이 어쩌면 운명일지도 모른다고 믿는 그였다.

*　　　*　　　*

"녀석을 만나러 가 봐야겠어."

"오오! 드디어 결정하신 겁니까?"

"결정? 그건 내가 하는 게 아니야. 그 꼬마가 하는 거지. 난 그놈이 거절할까 봐 걱정된다."

우 호법은 뒤에서 공손천기를 따라가며 슬쩍 웃었다.

그럴 리가 없었다.

선택은 교주가 하는 것이다.

그리고 그 꼬마는 절대 거부하지 않을 것이다.

생각을 해 보라.

세상의 어느 누가 부와 명예를 거저 준다는데 거부하겠는가?

'흐흐, 그런 놈이 있다면 또라이거나 미친놈, 둘 중 하나겠지.'

하지만 불행히도 그들이 만나고자 하는 소년은 또라이거나 미친놈, 그 둘 중 하나였던 모양이다.

"나는 네가 마음에 드는데 너는 어떠냐?"

무슨 의도로 하는 말인지 파악이 불가능했다.

초류향이 의아한 얼굴을 하고 있자 공손천기가 볼을 긁적이며 말했다.

"어떠냐? 너, 내 제자 한번 해 볼래? 내가 천마신교 교주 공손천기라는 사람이다."

공손천기의 말에 초류향은 잠시도 생각하지 않고 즉답했다.

"싫습니다."

"……그러냐?"

"……왜? 아니, 대체 왜 싫으십니까?"

우 호법이 멋쩍은 표정을 짓고 있는 교주를 제쳐 두고 후다닥 달려가서 초류향의 손을 덥석 잡았다.

그리고 애달픈 표정으로 초류향을 바라보았다.

"강호에 떠도는 본 교의 소문 때문에 그러시오? 믿지 마십시오, 공자. 모두 헛소문일 뿐이외다."

초류향은 거북한 얼굴을 해 보였다.

이 덩치 큰, 곰 같은 노인이 왜 이렇게 열성적인지는 모르겠지만 지금의 초류향에게 있어서는 그저 부담스러울 뿐이었다.

"저는……."

막 입을 열어 무언가를 말하려 할 때.

우 호법이 한발 앞서서 입을 열었다.

"공자, 이건 평생에 다시없을 기회외다. 본 교의 후계자가 되면 십만 명에 이르는 교도들을 손끝으로 부릴 수 있소이다. 원한다면 평생 주지육림에 파묻혀 지낼 수도 있고, 공자가 원하는 것이 무엇이든 가질 수 있소이다. 어떻소이까?"

"저는……."

초류향이 다시 무언가 말하려 할 때 우 호법이 재빨리 말했다.

"어린 공자님께서 아직 본 교가 가진 막대한 재력과 힘을 보지 못하셔서 그러신가 본데……."

"그만해, 이 주책바가지 영감쟁이야. 아주 잘하는 소리다. 어린애 앞에서."

공손천기는 초류향 앞에서 미주알고주알 떠들고 있는 우 호법의 뒷목을 잡아 일으키고는 미안한 얼굴을 해 보였다.

"미안하다. 이 늙은이가 아직 철이 없어서 거북하게 했구나, 네가 이해해라."

"공자, 다시 한 번 잘 생각해 보시구려. 이건 천고에 다시없을 기연이외다."

"이놈아, 내가 전에 말했지? 소를 물가로 데려갈 순 있어도 억지로 물을 먹일 순 없는 법이다. 안 되는 인연을 억지로 이을 수는 없지. 그렇지 않느냐?"

공손천기의 질문에 초류향은 고개를 끄덕였다.

그런 초류향을 바라보는 공손천기의 얼굴에는 진한 아쉬움이 남았지만 그는 곧 고개를 저었다.

"나는 네 결정을 존중한다. 나는 이 영감탱이와는 다르게 제법 쓸 만한 어른이니까. 그렇지만 여지는 남겨 둬야겠다."

초류향을 바라보며 공손천기는 말했다.

"언제라도 마음이 바뀌면 말해라. 여기에 있는 동안 말해도 좋고, 나중에 떠나가서도 마음이 바뀌면 말해도 된다. 나는 제법 인내심이 있는 사람이거든."

우 호법은 인내심이라는 단어에 속으로 저건 거짓부렁이라고 생각했지만 입을 열어 내뱉지는 않았다.

그저 답답한 마음에 가슴을 내리칠 뿐이다.

그 모습을 바라보고 있던 초류향이 말했다.

드디어 그가 말할 기회가 생긴 것이다.

"고마운 제의이긴 하나 저에게는 알다시피 이미 사부님이 계십니다."

공손천기가 눈을 동그랗게 떴다.

"너 설마 그 이유 때문에 내 제의를 거절한 거냐?"

"예. 두 명의 사부를 모실 순 없는 노릇이니까요."

초류향의 말에 우 호법의 표정이 눈에 띄게 밝아졌다.

그는 교주를 바라보며 낮게 감탄했다.

"역시 교주님은 대단하십니다. 선견지명이 있으셨군요. 정말 탁월하십니다."

"알면 됐다."

"그럼 이제 문제는 해결된 것 아닙니까?"

"그런 셈이지."

둘의 이야기를 가만히 듣고 있던 초류향은 의아한 얼굴을 해 보였다.

무슨 말이 오가고 있는지 못 알아들었기 때문이다.

그 표정을 보던 공손천기가 잠시 해야 할 말을 고르고 있을 때, 곁에 있던 우 호법이 웃으며 말했다.

"공자 사부에게는 이미 양해를 구해 놓았소이다. 그 부분에 대해서는 공자께서 신경 쓰지 않으셔도 되오. 허허허."

"……!"

공손천기는 초류향의 당황한 얼굴을 보며 표정을 살짝 찌푸렸지만 이미 우 호법이 내뱉은 말이었다.

되돌리기엔 늦은 감이 있었다.

'이 망할 영감탱이가?'

공손천기는 분위기 파악 못 하는 우 호법을 잠시 살벌한 눈으로 쏘아본 후 입을 열었다.

"우리가 조금 실수한 모양이다. 이건 네 사부에게 먼저 이야기를 들었어야 하는데 순서가 틀렸구나. 우리 쪽에서 너무 서두르다 보니 미안하게 되었다."

초류향의 표정이 눈에 띄게 흔들렸다.

그 표정을 살피면서 공손천기가 계속 말했다.

"혹여나 '네 사부가 너를 버렸다'라고 생각하지 말아라. 그는 너를 아끼고 있다. 너무 아끼고 있기 때문에 이 결정이 쉽지 않았지만 옳다고 여긴 것이다. 너를 위해서 이 결정을 한 것이지."

"……."

뒤통수를 쇠망치로 맞은 듯한 기분이었다.

초류향은 잠시 안경을 벗고 눈을 문질렀다.

이게 지금 무슨 소리지?

내가 지금 제대로 이해하고 있긴 한 건가?

"확실히 우리가 시기를 잘못 잡고 찾아온 것 같구나. 일단 네 스승을 만나고 나서 다시 이야기를 해 보는 건 어떻겠느냐?"

"······예. 그리하지요."

일단은 스승님의 말을 들어 봐야 했다.

어떻게 된 것인지, 자신에 대해서 어떤 말이 오고 간 것인지 알아야 대응을 할 수 있을 것 같았다.

*　　　*　　　*

"일이 그렇게 되었네. 미안하구먼."

조기천은 진법을 살펴보는 도중에 찾아온 공손천기를 바라보며 한숨을 내쉬었다.

고의는 없어 보였다.

게다가 일찌감치 찾아와 사과를 하고 있지 않은가?

자초지종을 들어 보니 초류향에게 미리 말하지 못한 자신의 책임도 없지 않아 보였다.

"내가 가서 이야기를 하고 오겠소이다."

"그래 주겠나?"

조기천은 고개를 끄덕이고 제자가 머물고 있는 방을 찾았다.

초류향은 그를 기다리고 있었다.

탁자에 찻주전자와 두 개의 찻잔이 놓여 있었고, 초류향은 의자에 앉아 있다가 조기천이 들어오자 재빨리 자리에서 일어나 예의를 갖췄다.

"스승님."

"그래. 일단 앉자꾸나."

"예."

조기천은 초류향과 마주 보는 자리에 앉은 후 찻주전자에서 차를 따르며 말했다.

"그에게서 순서가 바뀌었다는 이야기를 들었다. 하나 결과는 다르지 않겠지."

"……스승님."

불길한 예감이 들었다.

초류향이 어두운 얼굴을 해 보이자 조기천이 말했다.

"나는 전부터 줄곧 생각해 왔다. 언제고 너에게 더 좋은 기회가 생기면 너를 놓아주자고 말이다. 그리고 이곳에서 그 기회가 생긴 것이다."

"……."

"한데 사람 욕심이라는 것이 참으로 무섭더구나."

조기천은 찻잔에 차를 다 따른 후 잠시 초류향을 바라보았다.

그러다 입을 열었다.

"너를 포기한다는 건 나로서는 정말 쉽지가 않은 일이었다. 사실 지금도 그게 잘 받아들여지지 않는구나. 하지만 그건 내 욕심이라는 걸 잘 알고 있다."

"……."

"나는 이미 산법이라는 길에서 돌이킬 수 없는 처지다만 너는 다르다. 너에겐 기회가 많이 있지 않겠느냐?"

초류향은 스승님을 물끄러미 바라보았다.

조기천 역시 그 시선을 피하지 않았다.

그렇게 얼마간 서로를 바라보고 있었을까?

초류향의 표정이 그 짧은 시간에 다채롭게 변했다.

처음에는 놀람, 그다음에는 서운함.

최종적으로는 그 어떤 것도 느껴지지 않는 무심함이 얼굴 가득히 드러났다.

느릿하게, 하지만 또박또박 초류향은 입을 열었다.

"스승님은…… 참으로 이기적인 분이십니다."

"……."

"저를 위해 포기하신다는 말도 저에게는 이기적인 말로 들립니다. 스승님께서는 제가 무얼 원하는지, 무얼 하고 싶어 하는지, 세상 그 누구보다도 잘 아시지 않습니까?"

잘 알고 있었다.

누구보다도 더.

하지만 그랬기에 포기해야 한다는 마음도 컸다.

이런 반짝반짝 재능이 넘치는 아이를 산법이라는 분야에 매어 둘 순 없었다.

그것이야말로 이기심일 테니까.

"맞다. 네 말대로 나는 이기적이다. 그동안 그렇게 살아왔지. 단 한 번도 내가 내린 결정에 대해 후회해 본 적도, 뒤를 돌아본 적도 없었다."

"……."

심지어 가족조차도 돌아보지 않았다.

거기까지 생각하던 조기천은 잠시 씁쓸한 얼굴을 해 보였다.

"하지만 천마신교의 교주에게 너를 포기한다는 말을 했던 그때부터 지금까지 나는 계속 후회 중이다. 현재도 그 말을 한 것을 후회하고 있다."

조기천은 찻잔을 입으로 가져갔다.

잘게 바르르 떨리는 손길이 그 심중의 동요를 잘 보여주고 있었다.

"믿을지 모르겠다만 나는 앞으로도 계속 이 결정을 후회할 것 같다. 하지만 후회를 하더라도 내 결정이 틀렸다고 생각하지는 않는다. 네 말대로 나는 이기적인 사람인 모양이다."

초류향은 스승님의 떨리는 손길과 깊게 가라앉은 눈동자를 보며 입을 다물었다.

가벼운 생각이나 한순간의 변덕으로 이런 결정을 내리실 분이 아니라는 건 이미 알고 있었다.

스승님이니까.

스승님이 어떤 사람인지 알고 있었으니까.

실제로 이야기를 하면서 지금 스승님이 내린 결정이 결코 쉬운 결정이 아니었다는 것도 알게 되었다.

하지만 그래서?

대체 무엇이 달라진다는 말인가?

지금 스승님은 자신을 떠나보내려 하고 있었다.

마음은 그렇지 않은데도 하나뿐인 제자를 위해 억지로 밀어내려고 하는 것이다.

자신을 아끼는 스승의 마음을 알기에 그 생각이 바뀌지 않을 것이라고 여겨졌다.

'나는 어떻게 하고 싶은 거지?'

초류향은 스스로에게 되물어 보았다.

하지만 사실 되물어 볼 필요도 없는 마음의 대답.

스승님을 떠나고 싶지 않았다.

자신을 아끼고 사랑해 주는 스승님의 품을 어떻게 떠날 수 있을까?

조기천이 초류향을 사랑하듯 초류향도 스승을 존경하고 사랑하는 마음이 가슴에 가득했다.

그리고 이 세상에서 스승님만큼 마음이 통할 사람이 없다는 것을 누구보다도 잘 알고 있다.

'나는 산법이 좋다.'

아니, 좀 더 정확하게는 스승님과 함께 하는 산법 공부가 좋았다.

그 사실은 과거에도 그랬고, 현재도 그랬으며 앞으로도 변하지 않을 사실이었다.

그리고 산법을 가르쳐 주고 그것을 공유할 수 있는 스승님을 이렇게 떠날 수도 떠나보낼 수도 없었다.

이게 결론이다.

초류향은 다시 스승님을 바라보았다.

그러자 바위처럼 견고한 눈빛을 하고 있는 스승님이 눈에 들어왔다.

그 무심하고도 확신에 찬 눈길에 초류향은 서서히 얼굴을 찌푸렸다.

'이건 안 돼.'

도저히 스승님을 설득할 여지가 보이지 않았다.

스승님은 이미 확고한 결심이 가득 찬 눈을 하고 있었고, 그 결정이 결코 스스로의 안위나 편안함을 위해서가 아닌 제자를 위한 마음 아픈 선택이라는 것을 알 수 있었다.

그래서 오히려 초류향이 스승님을 더 포기할 수 없게 만들었다.

저 눈길에는 그를 걱정하고 그의 안위와 미래를 염려하는 마음이 가득했기 때문이다.

어떤 제자가 이런 스승의 곁을 떠날 수 있을까?

초류향은 생각을 정리하고 입을 열었다.

"스승님은 스스로를 이기적인 분이라 하셨지요. 그게 사실이든 아니든 지금까지처럼 스승님은 행하고자 하신 그대로 사시면 됩니다. 저역시 지금부터는 제 욕심대로 살겠습니다."

조기천은 눈을 감았다.

다행이었다.

어찌 되었든 제자는 그의 말을 알아먹은 것 같았기 때문이다.

제자의 서늘한 눈을 보니 마음 한구석이 먹먹해지며 아파왔지만 그런 정도는 이미 각오한 일이 아니던가?

서운해할 필요도, 섭섭해할 필요도 없겠지.

그렇게 마음을 다잡고 있을 때 제자가 입을 열었다.

"스승님께서 제 미래를 위해 저를 포기하려 하신 것 알고 있습니다. 저도 그 의도를 이해했으니 뜻하신 대로 행동하겠습니다."

"……현명한 판단이다."

"하면 제 결정에 따라 주시겠습니까?"

"내 의도를 알고 있지 않느냐?"

초류향은 안경을 고쳐 썼다.

그리고 말했다.

"스승님의 의도도 받아들이고 제 욕심도 챙겨 보려 합니다. 아시다시피 저는 실리주의자입니다."

조기천이 제자를 물끄러미 바라보았다.

초류향이 웃었다.

"그리고 욕심도 많지요."

사람은 욕심대로 세상을 살 수는 없는 법이다.

하지만 초류향은 지금 욕심을 부릴 생각이었다.

"이제부터 저는 두 명의 스승님을 모셔 볼까 합니다. 스승님께서는 제 의견에 따라 주실 것이라 믿겠습니다."

억지라고 해도 좋았다.

그가 생각하기에 현재 최선의 방법은 이것뿐이었으니까.

"교주가 허락할 것 같으냐."

"허락하게 만들어야지요."

초류향이 웃었다.

조기천의 반승낙을 받은 초류향은 머릿속으로 생각했다.

어떻게 해서든 교주의 승낙을 얻어야 한다.

그렇지 않으면 사랑하는 스승님이 자신을 떠날지도 모르니까.

그것만은 어떻게든 피하고 싶은 초류향이었다.

*　　　*　　　*

공손천기는 지끈거리는 이마를 부여잡으며 앓는 듯한 음성을 내뱉었다.

"영감까지 여기 왜 왔어?"

"……교주님이 위험하시다기에……."

"내가? 누가 그래?"

주름투성이의 노인.

천마신교의 팔대 호법들 중 한 명이자 화경의 고수인 주상산은 식은 땀을 흘리며 옆에 서 있던 우 호법을 곁눈질했다.

그러자 공손천기는 뱁새눈을 하고 우 호법을 쏘아보았다.

"오호라. 이제 보니 저 영감탱이가 불렀구먼."

주름투성이의 노인.

주 호법은 고개를 끄덕이며 강하게 긍정했다.

그러자 우 호법이 시꺼멓게 죽어 가는 얼굴로 억울하다는 듯 하소연했다.

"교주님, 오해십니다. 저건 제가 교를 떠나기 전에 하고 온 말이라……."

"오해는 무슨 오해. 지금 애들 데리고 전쟁이라도 해 보겠다는 거야? 여기를 아주 피바다로 만들고 싶은가 보지?"

주 호법과 우 호법.

두 사람은 진땀을 흘리며 고개를 숙여야만 했다.

암흑마황 공손천기.

그가 평소의 장난기를 버리고 진심으로 화를 내고 있었기 때문이다.

구주십오객의 한 명이자 강호에서는 혈음마군(血音魔君)이라 불리는 주 호법.

공손천기가 화를 내는 까닭은 단순히 그가 이곳에 온 것 때문만은 아니었다.

그 혼자 여기까지 왔으면 공손천기도 웃으며 맞이해 주었을 것이다.

한데 문제는 그가 혼자서 오지 않았다는 데에 있었다.

천마신교의 십대 무력 단체들 중 무려 두 개의 세력을 끌고 왔던 것이다.

제일 처음 우 호법이 데려온 천마신교의 최정예 혈랑대가 오백 명.

그리고 주 호법이 데려온 풍마대(風魔隊) 이천 명과 염라대(閻羅隊) 이천 명.

여기에 이곳 감숙 분타에 상주하는 인원 오백 명가량을 더하면, 도합 오천 명이라는 어마어마한 인원이 지금 이 감숙 분타에 머물고 있는 것이다.

감숙 분타는 애초에 이렇게 많은 인원을 수용할 수 없었다.

때문에 그들 모두가 지금 연무장에 간이 천막을 세워 두고 숙식을 해결하고 있었다.

"혈랑대의 아이들이 뛰어나긴 하지만 머릿수가 부족하니 정도맹을 감당하기 어렵지 않겠습니까?"

주 호법이 조심스럽게 입을 열자 공손천기는 얼굴을 찌푸렸다.

"그 아이들 정도면 싸우지 않고도 일을 해결할 수 있었다. 그런데 이제는 아니야."

혈랑대의 오백 명은 그야말로 정예 중의 최정예들이었기에 아무리 험한 장소에서도 자기 몸 하나 지키며 빠져나오는 건 그다지 어렵지 않았다.

설령 최악의 상황이 닥치더라도 그들이라면 별다른 피해 없이 빠져

나올 수 있을 것이다.

하지만 혈랑대보다 격이 떨어지는 풍마대와 염라대가 함께 있다면 이야기는 달라진다.

기동력이 현저히 떨어질 수밖에 없다.

"……결국 피를 봐야 하는 건가."

후퇴를 하며 시간을 끌어 보겠다는 생각은 이제 버려야만 했다.

공손천기의 얼굴이 딱딱하게 굳어졌다.

되도록 싸우지 않으려 했지만 그것도 본인들이 다치지 않는 선까지였다.

자기 살과 뼈를 떼어 주면서까지 싸움을 피할 생각은 없었기 때문이다.

어쩔 수 없이 정도맹과 일전을 벌이게 된 지금의 상황은 공손천기의 심기를 어지럽히기에 충분했다.

"일비(一秘), 밖에 있느냐?"

"예, 교주님."

"들어와라."

문이 열리고 엄승도가 공손한 태도로 회의장에 들어섰다.

공손천기는 엄승도를 바라보며 입을 열었다.

"그놈들이 움직이는 게 사흘 정도 후라고 했던가?"

"예."

"그럼 그때까지 모일 놈들의 최종 전력과 현재 이곳에 있는 본 교와의 전력을 비교하면 누가 우위에 있느냐?"

엄승도는 대답에 앞서 조심스럽게 질문했다.

"교주님과 정도맹주를 전력으로 넣어야 하는 것입니까?"

공손천기는 고개를 저었다.

"아니, 제외하고."

"그럴 경우 본 교가 삼 할 정도 우위를 점하고 있습니다."

"젠장, 삼 할밖에 안 되는 건가……."

공손천기는 우울한 얼굴을 해 보였다.

생각했던 것보다 더 많은 사람들이 이곳에서 죽게 될 것이다.

압도적으로 전력이 우위에 있었다면 모르겠지만 그것이 아닌 이상, 서로 막대한 피해를 입을 수밖에 없는 상황인 것이다.

"그놈들이 후퇴할 가능성은?"

엄승도는 공손천기의 질문에 잠깐 망설였다.

어떤 대답을 기대하고 있는 것인지 헷갈렸기 때문이다.

그랬기에 엄승도는 최대한 조심스럽게 입을 열었다.

"전력의 대부분을 잃지 않는 한, 그들도 후퇴하지 않을 겁니다."

"빌어먹을……."

"속하가 개인적으로 알아본 바에 의하면 정도맹주인 백무량이 공개 석상에서 공식적으로 월인도법에 대해 언급했다고 합니다."

"뭐? 그놈이 왜?"

"그것을 보상으로 걸고 저희를 치려는 속셈인 듯합니다."

"늙은 너구리가 작정을 했구먼. 무리수를 뒀어."

강호에서 무공 비급서가 가지는 가치는 진정 어마어마했다.

그것도 보통의 비급서도 아니고 천하제일을 논할 수 있는 비급서라면 이야기는 더욱 심각해진다.

무림인들의 속성상 수단과 방법을 가리지 않고 그것을 쟁취하려 할 것이기 때문이다.

공손천기는 지끈거리는 관자놀이를 엄지손가락으로 꾹 누르며 말했다.

"그나저나 진법은 해체하는 데 얼마나 걸린대? 그것만 빨리 끝나면 만사 해결인데."

"열흘 정도 걸린다고 합니다."

"너무 늦어."

"그것도 노사가 최대한으로 줄인 것입니다. 사실 열흘도 장담하기 어렵다고 했습니다."

"젠장, 되는 일이 없군."

사흘 뒤에 일전이 벌어질 예정이다.

무려 칠 일.

그 칠 일이라는 시간을 대체 어떻게 벌어야 할까?

'그냥 확 다 때려 부숴?'

성격대로라면 진작 그렇게 했을 것이다.

하나 그럴 순 없었다.

그렇게 된다면 공손천기가 평소에 가장 피하고 우려하던 일.

즉, 엄청난 숫자의 사람들이 이곳에서 죽는 사태가 벌어질 게 틀림없기 때문이다.

공손천기가 이러지도 못하고 저러지도 못할 때 엄승도가 조심스럽게 말했다.

"교주님."

"왜?"

"초류향 공자가 교주님을 뵙고 싶다고 합니다."

"지금?"

"예. 최대한 빨리 뵙고 싶다고 전해 달라 했습니다."

"결정을 했나 보군."

공손천기는 고개를 끄덕였다.

생각해 보면 이곳까지 나와서 좋은 일은 하나도 없었다.

하지만 그 아이를 만난 것.

그것만은 유일하게 좋은 축에 들어갈 만한 일이었다.

거기까지 생각하자 안 좋았던 기분이 조금 풀어졌다.

"어디 있어, 지금?"

"후원에 있는 별채에 계십니다."

"잘됐군. 아! 자네들은 따라오지 않아도 돼."

"예."

공손천기가 가벼운 발걸음으로 회의장을 빠져나가자 주 호법과 우 호법은 깊은 안도의 한숨을 내쉬었다.

그러자 곧장 우 호법이 옆에 있던 주 호법을 보며 낮게 으르렁거렸다.

"이 망할 늙은이! 왜 거기서 나를 팔아?"

"사실이잖아?"

주 호법이 시큰둥하게 대꾸하자 우 호법이 더더욱 험악한 얼굴로 말했다.

"넌 의리라는 것도 없냐?"

"푸헐! 다 늙어서 의리는 무슨. 난 오래 살고 싶다. 아직도 창창한데
교주님한테 맞아 죽긴 싫거든."

"창창하긴, 개뿔. 너 설마 벽에 똥칠할 때까지 살 작정이냐?"

"그럼, 물론이지."

우 호법과 주 호법.

둘은 오랜 경쟁자이자 세상에 둘도 없는 친구 사이였다.

주 호법은 우 호법과 잠시 티격태격하다가 자신들의 주름 가득한 두
손을 내려다보며 히죽 웃었다.

"크흐흐, 여기까지 오는 데만 무려 삼십 년이 걸렸어. 난 기필코 오

래 살아서 교주님께서 이룩하실 새로운 세상을 볼 거다. 그러기 전에
는 절대로 못 죽지. 암, 절대 죽을 수 없지."

비장한 각오가 느껴지는 말투였다.

그런 주 호법을 보며 우 호법이 안타까운 얼굴로 말했다.

"……노망난 늙은이, 아직도 그 소리더냐. 교주님은 이미 강호에 나
가실 마음이 없으시다. 오래전에 뜻을 접으셨어. 모르고 있었더냐?"

"흐흐, 이 밥버러지 같은 놈. 네놈이 그래서 안 된다는 거다."

"뭐? 바, 밥버러지?"

"그래, 밥버러지. 네놈은 교주님 곁에 그렇게 오랫동안 있었으면서
도 아직 교주님이 어떠한 분이신지 모르고 있느냐?"

"내가 교주님을 모른다고? 이 우규호가?"

주 호법.

그는 아련한 얼굴로 무언가를 회상하며 말했다.

"오랜 시간 곁에 있다고 해서 다 아는 건 아니지. 지금 교주님께서
필사적으로 참고 계신 걸 모르겠느냐?"

"뭘?"

"넌 교주님이 익히신 수라환경이 어떤 무공인지 잊었느냐? 단 하루
도 피를 보지 않으면 살 수가 없는 마공이지."

"이 멍청한 늙은이야. 교주님께서 그 지독한 마성을 오래전에 극복
하신 걸 잊었나 보구먼? 이래서 늙으면 죽어야 해."

"흐흐, 이번에 두고 보면 알게 될 거다. 내 말이 사실인지 아닌지."

의미심장하게 웃는 주 호법을 살펴보던 우 호법의 눈이 점차 가늘어
졌다.

"늙은이 이거 수상한데. 설마 다 알고도 일부러 애들을 잔뜩 데려온 거 아니야? 싸우게 하려고?"

"흐흐, 눈치챘나? 역시 그냥 바보는 아니었군."

"너 이 자식……."

우 호법은 주 호법의 어깨를 와락 잡으며 말했다.

"너를 만난 이후 처음으로 기특한 짓을 했구나. 잘했다, 이놈아. 푸허허헛!"

"이게 바로 삶의 지혜라 하는 것이지. 크하하핫!"

두 늙은 친구는 서로를 보며 파안대소를 터트렸다.

그 사이에서 쥐 죽은 듯이 숨죽이고 있던 엄승도는 도저히 이 자리에 있으면 안 될 것 같아 슬그머니 밖으로 나가려 했다.

그것이 거슬려서일까?

주 호법이 엄승도를 불러 세웠다.

"승도야."

"예, 옙! 어르신."

"아까 교주님께 쓸데없는 질문을 하더구나. 번거롭게."

쓸데없는 질문?

그게 뭐지?

엄승도가 빠르게 조금 전 상황을 되짚어 보고 있을 때 주 호법이 말했다.

"교주님과 정도맹주, 그 두 명을 전력에서 제외한 경우라고 했었던 가? 질문이?"

"아!"

무슨 질문이었는지 생각이 났다.

그런데 그게 왜?

엄승도의 표정을 읽었음인지 주 호법이 음흉하게 웃으며 말했다.

"모르겠느냐? 어디가 잘못된 질문인지?"

"교주님이 정도맹주보다 우위에 계신 건 알고 있었지만……."

그건 어디까지나 교내에서의 정보일 뿐이었다.

천마신교의 힘을 믿지만 정보를 다루는 직책인 이상 확실한 것이 아
니면 의심부터 해야 옳았다.

"격이 다르다. 그놈과 교주님은."

주 호법은 팔짱을 끼며 말했다.

"아까 본 교의 전력이 정도맹에 비해 삼 할 정도 우위에 있다고 했
었느냐?"

"그렇습니다."

"정확하냐?"

주 호법이 되묻자 엄승도는 살짝 불쾌한 얼굴로 대답했다.

"예, 물론입니다."

"호오? 그럼 거기에 교주님과 정도맹주가 끼게 되면 어떻게 될 것
같으냐?"

"그야……."

엄승도는 빠르게 머리를 굴렸다.

교주님이 조금 더 우위에 있다지만 정도맹주 역시 만만치 않은 상대
였다.

같은 삼황의 한 명인 것이다.

그가 만약 교주님의 발목을 붙잡고 늘어진다면?

전황은 여전하지 않은가?

"십 할."

곁에서 묵묵하게 듣고 있던 우 호법이 불쑥 입을 열었다.

"예?"

"십 할이다."

엄승도는 뭐라 입을 열려다가 다물었다.

뭐?

구 할도 아니고 십 할의 우위라고?

그럼 우리 편에 단 한 명의 사상자도 없어야 한다는 말인데 그게 지금 가당키나 한 소리인가?

이 영감탱이들이 아무래도 너무 과한 충성심을 보이고 있는 것 같았다.

이럴수록 상황을 냉정하게 보아야 하거늘…….

엄승도의 눈가에 실망감이 떠올랐다.

"늙은이 말 무시하지 마라. 하긴, 상관없겠지. 어차피 너도 이번에 네 눈으로 직접 보게 될 테니까."

"그렇겠지."

야릇하게 웃으며 서로 시선을 주고받는 주 호법과 우 호법을 보자 엄승도의 표정이 복잡해졌다.

아무래도 교주님에게는 그가 모르는 무언가가 아직도 있는 모양이다.

'그게 뭐지?'

정보를 다루는 사람으로서 상대방의 전력은 고사하고 우리 쪽 전력도 정확하게 파악하지 못했다는 것은 문제가 심각했다.

'어디 두고 보자, 망할 늙은이들.'

앞으로의 상황이 어떻게 흘러갈지 현재로선 정확히 예측할 수가 없었다.

고려해야 할 변수들이 너무 많았기 때문이다.

이럴 경우에는 머리를 굴려 전략을 짜는 것보다 우직하게 힘으로 밀고 나가는 게 상책이었다.

'그나저나 정마대전이라……'

엄승도는 정마대전이라는 단어를 떠올리자 몸속의 피가 뜨겁게 달궈지는 것이 느껴졌다.

그 역시 천생 무인이었기 때문이다.

근래에 이런 큰 판이 벌어진 적은 단 한 번도 없었다.

과연 어떤 일들이 일어나게 될까?

엄승도는 뜨거워지는 머리를 억지로 식히며 창밖을 바라보고 있었다.

그때 주 호법이 알 수 없다는 얼굴로 입을 열었다.

"근데 교주님은 누굴 보러 가시기에 우리를 버려두고 가신 게냐? 초류향이라 했던가? 그 아이는 또 뭔데?"

"어엇? 그러고 보니 모르고 있었구먼."

"뭘?"

"이번에 교주님께서 제자로 받아들일 공자님 이름이 바로 초류향이지."

주 호법의 움직임이 일순간 멈췄다.

그리고 잠시 후 주름투성이 눈을 동그랗게 뜨며 크게 외쳤다.

"뭐, 뭣? 제자? 교주님이?"

"그래, 제자."

"그걸 왜 이제야 말을 해! 이 빌어먹을 영감탱이야!"

"아, 그건 깜빡하고⋯⋯."

우 호법은 뒷말을 잇지 못했다.

주 호법이 이미 그 자리에 없었기 때문이다.

*   *   *

"비가 오는구나."

공손천기는 하늘을 올려다보며 가볍게 중얼거렸다.

『속하가 서둘러 외투를 가져오겠습니다.』

"됐다. 굳이 번거롭게 그럴 필요 있겠느냐?"

그렇게 말한 공손천기는 가느다란 은실 같은 빗속을 무심히 걸었다.

하늘에서 떨어지는 비로는 감히 그를 적실 수조차 없었다.

어느새 투명한 막 같은 것이 생겨나 그의 주변을 감싸고 있었던 것이다.

인간의 한계를 벗어난 초인.

그것이 바로 천마신교의 교주 공손천기였다.

그렇게 얼마간 걸어 후원에 있는 별채에 도착한 공손천기는 곧장 안으로 들어가지 않고 문 앞에서 멈춰 섰다.

그 상태로 잠시 무언가를 생각하던 공손천기가 말했다.

"겸아."

『예, 교주님.』

"아무래도 넌 밖에 있어야겠다. 굳이 들어가서 너까지 쪽팔릴 필요는 없으니까."

선뜻 납득이 가는 말은 아니었지만, 누구의 명령인가?

임학겸은 순순히 문 옆의 기둥 뒤로 신형을 움직여 은신한 채 대기했다.

그러자 공손천기는 어깨를 주물럭거리며 말했다.

"만약에 좀 이따 내가 나와서 아무 말도 없이 걸어가면 이유 같은 거 묻지 말고 그냥 따라와라."

『알겠습니다.』

"젠장, 제자 하나 받는 게 이렇게 힘들 줄이야."

그렇게 작게 투덜거리던 공손천기는 곧 아무 일 없었다는 듯이 표정 관리를 하며 문을 호쾌하게 열어젖혔다.

"날 기다렸다고?"

임학겸은 그 모습을 뒤에서 지켜보며 슬쩍 웃음 지었다.

늘 당당하고 여유로워 보이는 교주님이셨다.

그런데 그런 그조차도 제자를 들이는 과정의 심리적 부담감은 다른 사람들과 똑같은 모양이다.

이런 교주님의 모습은 생소했지만 동시에 보기 좋은 모습이기도 했다.

늘 존경하고 공경하는 마음으로 공손천기를 모시고 있는 임학겸이
었다.

*　　*　　*

"그게 끝이냐? 다른 조건은 더 없느냐?"

"……예."

"그 정도야 별로 어렵지 않은 일이지. 네 뜻대로 하마."

초류향은 교주가 너무 쉽게 승낙하자 도리어 당황스러웠다.

그리 대수롭지 않다는 반응.

거절할 때를 대비해 준비했던 여러 가지 대안들을 머리 한구석으로
밀어 놓으며 초류향은 잠시 침묵했다.

그러다 불쑥 물어보았다.

"도대체 제 어디가 마음에 드십니까?"

공손천기는 초류향의 질문에 피식 웃으며 말했다.

"뭐냐? 이제는 사랑 고백까지 하라는 말이냐? 낯간지럽게."

초류향은 공손천기의 농담에도 반응하지 않고 진지한 얼굴을 해 보
였다.

그의 머리로는 지금의 상황이 받아들여지지 않았기 때문이다.

이건 마치 제자로 들어가기만 한다면 거의 모든 조건을 수용하겠다
는 태세가 아닌가.

믿을 수 없었다.

'이 세상에 무조건적으로 베푸는 것은 없다.'

아니, 그것과 비슷한 것이 있기는 했다.

부모가 자식에게 보여 주는 무한한 애정.

그 외에는 이 세상에 공짜는 없다고 믿는 초류향이었다.

"처음에는 별생각 없었지. 그런데 네 진가를 알아보고 나서는 완전히 생각이 바뀌었다."

공손천기는 여기서 잠시 말을 끊었다.

그리고 곧 진지한 얼굴로 말했다.

"어찌 되었든 간에 내 제자가 된다고 한 것은 분명 진심이겠지?"

"……예."

진심이다.

천마신교의 교주.

그의 후계자가 될 수 있는 기회였다.

욕심이 나지 않는다면 거짓말일 것이다.

"마지막으로 기회를 주마. 도망치려면 지금이 마지막이다."

초류향은 공손천기를 물끄러미 바라보았다.

당당하고 멋진 말과는 달리 그의 동공은 지금 심하게 흔들리고 있었다.

스스로 말을 내뱉고 나서 엄청 후회하고 있는 듯한 모습이 아닌가.

그 모습에 초류향은 자신도 모르게 미소 지으며 대답했다.

"절대 도망치지 않을 겁니다. 지금도, 그리고 앞으로도 그렇습니다."

공손천기는 초류향의 얼굴을 살펴보다 머쓱한 표정을 지으며 말했다.

"……혹시 네가 거절하면 어쩔까 불안해하던 게 얼굴에 드러났느냐?"

"예……."

"……많이 났냐?"

"예……."

"이런, 젠장."

초류향은 혼자 투덜거리는 공손천기를 바라보았다.

이것이 연출된 행동인지 아닌지 갈피를 잡을 수 없었지만, 적어도 그의 이런 친근한 행동과 어투 덕분에 마음이 조금 편해지기는 했다.

"너, 나와 약속 하나만 하자."

"예."

"여길 나가는 그 순간부터 너는 내 제자가 되는 거다. 그러니 이제부터 너는 네 스스로의 가치를 아주 높게 볼 필요가 있다."

이건 무슨 말일까?

"아까 나한테 물었었지? 네 어디가 마음에 드냐고?"

"예."

"사실대로 말하자면 나는 네 전부가 마음에 든다. 조금 전에 네가 그 어떤 조건이나 이유를 들이대도 나는 다 수용했을 거다. 네 가치는 그 정도니까."

그건 너무 높게 봐 주는 게 아닐까?

방금 스승 된 이가 갑작스레 던진 익숙지 않은 칭찬에 초류향은 어색한 얼굴이 되었다.

"강호에 떠도는 나에 대한 소문은 많이 들었겠지?"

"예."

천하제일인.

현재 하늘 아래 존재하는 사람들 중 가장 강한 사람.

그리고 천마신교라는 거대한 무력 단체이자 종교 단체의 살아 있는 신.

강호에 떠도는 소문은 공손천기를 하늘 저 너머에 있는 사람처럼 묘사하고 있었다.

"이건 비밀이다만, 나는 소문보다 훨씬 더 대단한 사람이다. 네가 앞으로 존경할 만한 가치가 있는 사람이기도 하지."

"……."

대단히 뻔뻔하고 낯짝 두꺼운 말이었지만 이상하게도 이 사람에게는 이런 말이 어색하지가 않았다.

초류향이 그 괴리감에 잠깐 멍한 표정을 보이고 있을 때.

공손천기가 다가와 그의 양어깨에 손을 올려놓으며 입을 열었다.

"이런 대단한 사람이 널 선택한 거다. 그러니 넌 조금 더 자부심을 가져도 좋다."

이 말을 하고 싶어서였을까?

초류향은 흐릿하게 웃으며 고개를 끄덕였다.

그 모습에 공손천기가 정색하며 말했다.

"이건 단순히 너 기분 좋으라고 하는 이야기가 아니다. 마음에 새겨 두거라. 너는 다른 사람도 아니고 내가 알아본 놈이다. 그러니 앞으로 나 외에 다른 사람에게는 고개를 숙이지 마라. 아니, 나에게도 고개를 숙이지 마라. 내 말이 무슨 말인지 알겠느냐?"

자신의 두 눈을 직시하는 공손천기의 눈동자를 보며 초류향은 그에 대한 평가를 수정해야만 했다.

그는 단순히 뻔뻔하거나 낯짝만 두꺼운 사람이 아니었다.

스스로에게 당당하고 자부심도 엄청나기 때문에 이런 이야기를 아무렇지 않게 하는 것이었다.

이 순간 초류향은 말로 설명할 수 없는 어떤 예감을 하게 되었다.

어쩌면 정말로 눈앞에 있는 이 사람을 진심으로 존경하게 되는 순간이 올지도 모른다는, 그런 예감.

초류향은 공손천기의 눈을 마주 보며 진지하게 또박또박 말했다.

"스승님의 말씀을 명심하겠습니다."

그 말을 듣고서야 굳었던 얼굴을 풀어내며 공손천기가 미소 지었다.

"그 말이 듣고 싶었다, 제자야."

공손천기는 초류향의 등을 가볍게 툭 치며 말했다.

"내 제자가 된 걸 축하한다."

"감사합니다, 스승님."

"정식적인 절차는 나중에 교에 복귀해서 하나하나 밟게 되겠지만, 너는 이미 지금부터 내 후계자다. 그러니 이제부터 그에 걸맞은 대우를 받게 될 게다."

걸맞은 대우?

그게 어떤 걸 말하는 것일까?

초류향이 궁금한 얼굴을 해 보이자 공손천기가 히죽 웃으며 말했다.

"곧 알게 될 게다."

초류향이 공손천기의 말을 이해하는 데까지 걸린 시간은 채 반 시진을 넘지 못했다.

                    *   *   *

공손천기는 문 앞에서 대기하고 있는 의외의 인물을 보며 피식 웃었다.

임학겸의 바로 옆에 주 호법이 초조한 표정을 역력히 드러낸 채 서 있었기 때문이다.

주 호법은 공손천기가 별채에서 나오자마자 쪼르륵 달려와 재빠르게 입을 놀렸다.

"저 꼬마…… 아니, 저분이 교주님의 제자입니까?"

"그래. 내 제자다."

"오오! 드디어!"

감격한 얼굴의 주 호법을 뒤로하고 공손천기는 지금 다른 것에 정신을 쏟아 붓고 있었다.

'이제 시작이다.'

제자로 받은 저 아이에게 무엇부터 가르쳐야 할까?

보아하니 무공에 대해서는 하나도 모르는 수준이었는데…….

공손천기는 걸어가며 머릿속에 떠오르는 갖가지 무공들을 차곡차곡 정리해 보았다.

그런 공손천기의 뒤에서 감격에 젖어 있던 주 호법은 퍼뜩 정신을 차렸다.

그러곤 잠시 별채를 바라보다가 슬그머니 떨어져 나왔다.

따로 갈 곳이 있었기 때문이다.

*　　　*　　　*

"초 공자님, 저 엄승도입니다."

"예. 들어오세요."

문이 열리고 지극히 공손한 태도의 엄승도가 방 안에 들어왔다.

그리고 초류향을 보자마자 곧장 바닥에 무릎을 꿇었다.

초류향이 그 태도에 눈을 동그랗게 뜰 때.

엄승도가 입을 열었다.

"교주님의 후계자가 되셨다고 들었습니다."

"아…… 예."

소문이 참 빨리도 퍼지는구나.

초류향이 거기까지 생각하고 있을 때 갑자기 엄승도가 바닥에 납작
엎드리고 고개를 조아렸다.

"그동안의 무례를 용서해 주십시오. 소교주님!"

"……."

이건 어떻게 반응해야 하는 것일까?

초류향이 난감해하고 있을 때 엄승도가 비장한 얼굴로 입을 열었다.

"원하신다면 지금 목숨으로 사죄하겠습니다."

엄승도가 진짜 자진할 듯한 태도를 보이자, 초류향이 느릿하게 입을
열었다.

"······정말 적응 안 되네요."

소위 말하는 강호인들의 방식이라는 게 이런 걸까?

확실히 엄승도를 보면서 도대체 어떻게 대해야 할지 막막하다고 생각한 부분들이 있었던 건 사실이다.

그렇지만 그건 그것대로 받아들이고 감수해야 하는 부분이라 생각했는데 이들은 아니었나 보다.

이럴 때는 어떻게 대처해야 하는 게 좋을까?

사실 깊게 생각해 볼 필요도 없었다.

간단한 해결 방법이 있었으니까.

초류향은 한숨을 내쉬며 입을 열었다.

"과거에 있었던 일은 모두 잊겠습니다. 그러니 그만하셔도 됩니다. 일어나세요."

"······."

엄승도는 그래도 고개를 들지 않았다.

요지부동.

대체 뭐가 또 마음에 안 드는 걸까?

초류향이 막 입을 열어 그것을 물어보려 할 때.

엄승도가 말했다.

"편하게 하대하시면 됩니다, 소교주님."

"······."

"앞으로는 저를 비롯한 교내의 그 누구에게도 말을 높이실 필요가 없습니다. 그리고 부탁하실 필요도 없습니다. 그저 명령만 하시면 됩니다. 소교주님께서는 그리하실 자격이 있으십니다."

초류향은 입을 다물었다.

엄승도의 말을 듣자 비로소 자신이 어떤 결정을 했는지 피부에 와 닿았기 때문이다.

천마신교의 후계자.

그것은 강호에서 엄청난 비중을 차지하는 자리였던 것이다.

잠시 멍한 상태에 있던 초류향은 그때까지도 바닥에 이마를 대고 엎드려 있는 엄승도를 복잡한 눈으로 바라보았다.

그리고 천천히 입을 열었다.

"자리에서…… 일어나라."

명령조로 이야기하는 것이 이렇게 어색하고 힘들 줄이야.

엄승도는 초류향의 말이 끝나기가 무섭게 자리에서 일어나 바로 섰다.

그리고 말했다.

"더 하명하실 일이 있으신지요."

"아직은…… 없다."

엄승도는 공손한 얼굴로 읍을 해 보였다.

그리고 덧붙여 말했다.

"어르신께서 소교주님을 모셔와 달라 하셨습니다."

"어르신?"

"예. 본 교의 팔대 호법님들 중의 한 분이신 주상산 어르신이십니다."

초류향은 고개를 끄덕였다.

"언제 가면 되는 거지?"

"지금 와 주십사 하셨습니다."

무슨 일일까?

의문이 들었지만 초류향은 일단 자리에서 일어섰다.

"안내하겠습니다."

별채를 나와 엄승도를 따라가자 저 멀리 연무장이 보였다.

'뭐지?'

이상하게 심장이 두근거렸다.

무언가 벌어질 것만 같은 느낌.

초류향은 기이한 느낌을 받으며 연무장에 들어섰다.

그리고 거기에서 보고야 말았다.

천하의 모든 사람들이 천마신교를 두려워하고 경외하는 이유를.

그 이유 중의 일부가 그곳에서 그를 기다리고 있었다.

거대한 연무장이었다.

하나 지금 그곳은 발 디딜 틈도 없었다.

무려 오천 명의 인원.

이곳 감숙 분타에 모여 있던 천마신교 무인들 전부가 이곳에서 숨소리도 내지 않고 대기하고 있었던 것이다.

숨 막힐 듯한 적막감.

그리고 엄승도의 안내를 받으며 등장한 초류향이 그 앞에 놓인 단상에 불쑥 올라섰다.

약간은 얼떨떨한 얼굴로 초류향이 그들을 내려다보고 있을 때.

옆에까지 따라온 엄승도가 갑자기 단상 아래로 내려가 사람들 정면에 마주 섰다.

그리고 뱃속 깊은 곳에서 소리를 끌어모아 외쳤다.

"천마앙복(天魔仰伏)!"

엄승도의 목소리가 마치 사자후처럼 쩌렁쩌렁하게 울리자마자, 연무장에 있던 사람들이 동시에 다리로 바닥을 한 차례 내리찍었다.

쿵─!

마치 지진이라도 난 듯 지면에서 엄청난 진동이 느껴졌다.

그 후 그들은 일제히 부동자세를 취하더니 크게 소리쳤다.

"신교천하(神教天下)!"

초류향은 입을 크게 벌렸다.

머리털이 부르르 떨릴 만치 거대한 외침.

이렇게 많은 사람이 모여 있는 광경은 태어나서 처음 봤기에 놀라기도 했지만, 그 이상으로 그들의 기세에 압도당해 움직일 수가 없었다.

이들이 전신에서 뿜어내는 박력은 정말이지 장난이 아니었던 것이다.

저절로 숨이 턱턱 막혀왔다.

'하지만 이건……'

싫지 않은 기분이었다.

초류향은 이들과 마주하고 있는 동안 웬일인지 뱃속이 점점 찌릿찌릿해지는 것을 느끼고 놀랐다.

동시에 입안에는 단침이 절로 고였고, 후끈 달아오른 전신에서 열기가 끓어올랐다.

난생처음 경험해 보는, 말로는 형용할 수 없는 기이한 감각이었다.

"앞에 있는 아이들이 앞으로 소교주님을 보필할 녀석들입니다. 아껴 주시지요."

어느새 옆에 나타난 주름투성이 노인과 덩치 큰 노인.

초류향이 그들을 바라보자 주름투성이 노인이 자신을 소개했다.

"주상산이라고 합니다, 소교주님. 시간이 없어서 격식을 많이 차리지 못했습니다. 용서해 주시기를……."

"……."

천마신교의 예의를 모르기에 함부로 말을 하기 껄끄러웠다.

그것을 눈치챈 것인지 주 호법은 한 발자국 물러서며 공손하게 말했다.

"많이 놀라셨다면 사과드리겠습니다."

"아니다, 사과할 필요 없다. 이 정도는 해야지."

고개를 돌리자 공손천기가 웃는 낯으로 다가오고 있었다.

"놀랐느냐? 고작 이 정도에."

놀라지 않을 수가 있나?

공손천기는 살짝 흥분한 기색을 보이는 초류향의 머리에 손을 올려 가볍게 헝클어 놓은 후, 마치 당연하다는 듯한 얼굴로 단상 가운데에 자리 잡고 섰다.

그가 단상 중앙에 서자 다시 주변이 쥐 죽은 듯이 고요해졌다.

그 고요한 정적을 느끼며 공손천기는 숨죽인 채 도열해 있는 오천 명의 무인들을 한 번 스윽 둘러보았다.

그리고 느릿하게 입을 열었다.

"드디어 본 교의 후계자가 결정되었다."

속삭이는 듯한 작은 목소리.

하나 그 자리에 있는 이들 중 공손천기의 음성을 듣지 못한 사람은
아무도 없었다.

공손천기는 말을 마치고 아직도 놀란 기색이 역력한 초류향을 앞으
로 내세웠다.

"이 아이가 장차 본 교의 백 년을 책임질 녀석이다. 너희들이 보기
엔 어떠하냐?"

우와아아—!

장내가 떠나갈 듯한 함성으로 가득해졌다.

이것이 장차 수라왕이라 불릴 초류향과 후에 절대신교(絕代神敎)라
불릴 천마신교.

그 둘의 정식 첫 만남이었다.

第六章

숨겨진 진실

추혈군 상동하.

구주십오객의 한 명이자 흑월회에 현재 남아서 활동하고 있는 자들 중 최고의 고수였다.

그는 지금 공황 상태에 빠져 있었다.

"누굴 만나러 왔다고?"

"할아버지요."

"야황?"

"예."

냉하영의 차분한 대답에 상동하는 식은땀을 흘렸다.

야황이라니?

갑자기 이 무슨 빌어먹을 소리인가?

흑월야황 냉무기는 진즉에 은퇴한 것 아니었던가?

"넌 이번에 천마신교의 일 때문에 기련산에 온 것이 아니었느냐?"

상동하 장로의 질문에 냉하영은 물끄러미 그를 바라보며 대꾸했다.

"제가 왜 그런 일 때문에 기련산까지 오겠어요?"

"그야……."

상동하 장로는 말을 잇지 못했다.

생각해 보니 맞는 말이었기 때문이다.

냉하영이 그런 일로 굳이 여기까지 올 이유가 없었다.

그리고 지금 상동하 장로에게 중요한 문제는 그런 일이 아니었다.

"그래서 만났느냐?"

상동하 장로의 다급한 질문에 냉하영은 대답하지 않았다.

단지 야릇하게 웃으며 상동하 장로의 등 뒤로 시선을 던질 뿐이었다.

그 시선에 상동하 장로는 어떤 섬뜩함을 느꼈다.

천천히 뒤를 돌아보자, 그곳에는 초로의 노인이 탁자에 기대어 서 있었다.

아무런 기세도 기운도 내뿜지 않는 그런 평범한 인상의 노인.

하지만 그와 눈이 마주치는 순간, 화경의 고수인 상동하 장로는 마치 뱀을 마주하고 있는 개구리처럼 딱딱하게 굳어 버렸다.

'대체 언제?'

화경의 경지에 들어선 이후로 그 누구에게도 등 뒤를 내준 적이 없는 상동하 장로다.

하지만 그것도 예외가 있는 법이다.

눈앞에 있는 노인에게라면 도저히 어쩔 수가 없었다.

"오랜만이군."

"회, 회주님."

상동하 장로는 하얗게 질린 안색으로 뒤로 주춤주춤 물러섰다.

그러다 곧 자신의 실책을 깨달았는지 서둘러 읍을 해 보이며 말했다.

"장로 상동하가 회주님을 뵙습니다."

"회주는 무슨, 은퇴한 노인에게 너무 과분한 예의를 차리는군."

새하얀 백발과 무료한 듯한 시선.

그가 바로 현재 강호 제일 고수라 칭송받는 삼황의 한 명이자, 죽음의 사신으로 통하는 흑월야황 냉무기였다.

"건강해 보여 다행이다, 상동하."

"거, 걱정해 주시는 덕분입니다."

상동하 장로는 잔뜩 주눅이 든 얼굴로 냉무기를 바라보았다.

그리고 억눌린 신음 소리를 흘리며 어금니를 꽉 깨물었다.

눈앞의 늙은 괴물은 예전이나 지금이나 하나도 변한 것이 없었다.

여전히 강했다.

그리고 그 특유의 존재감.

사방에 은은하게 뿌리는 그 존재감이 상동하 장로를 지금 강하게 압박하고 있었다.

"천마신교 때문에 이곳까지 왔나?"

역시 알고 있었던가?

상동하 장로는 바짝 긴장한 상태로 조심스럽게 대답했다.

"……예."

"그럼 헛걸음을 했군."

"예?"

상동하 장로가 의아해하는 표정을 지을 때.

자연스럽게 상석으로 가 앉으며 냉무기가 입을 열었다.

"헛걸음을 했다고 했다."

"그게 무슨 말씀이신지……."

"이곳에 무얼 얻고자 왔나?"

"그것이……."

상동하 장로가 곧장 대답하지 못하고 머뭇거리자 냉무기가 단도직입적으로 입을 열었다.

"월인도법이겠지."

"허억!"

어떻게 알고 있는 것일까?

그도 아주 힘들게 조사해서 알아낸 정보를?

"지나친 욕심은 화를 부르는 법이다, 상동하."

상동하 장로는 고개를 숙였다.

냉무기는 늘 옳은 판단을 했다.

여태껏 그가 내린 결정은 단 한 번도 틀림이 없었고, 그가 뱉은 말은 단 한 마디도 거짓이 없었다.

하지만 지금은 아니었다.

'다른 것도 아니고, 월인도법이다! 그 월인도법이라고!'

강호에는 수없이 많은 고수가 이름을 떨친다.

하나 백 년이 지나도 그 이름이 기억되고 회자되는 고수는 극히 드물다.

그러한 몇 안 되는 고수들 중에서도 한 손에 꼽히는 게 바로 도마 악중패.

백 년 전 천하제일인이었다.

그가 세상에 보여 주었던 말도 안 되는 도법, 월인도법.

그것은 현재까지도 최강의 도법이라 불리고 있지 않은가?

그런 물건을 어떻게 포기하라는 것인가?

설령 지옥의 불구덩이 속에 있다 하더라도 무인이라면 마다하지 않을 것이다.

"표정을 보니 포기하지 않을 것 같군."

"……."

사람에게 욕심이란 때로는 용기를 가져다 주는 모양이다.

예전에 냉무기가 이렇게 물어보았으면 당장이라도 엎드려서 그의 뜻에 따라 행동했을 것이다.

하지만 지금은 아니었다.

'나 역시 과거의 내가 아니다.'

상동하 장로는 식은땀을 뻘뻘 흘리면서도 결코 돌아간다는 소리는 입 밖으로 내뱉지 않았다.

냉무기는 그 모습을 무심한 시선으로 바라보다 말했다.

"가끔은 욕심을 부려 보는 것도 나쁘지 않겠지."

냉무기의 중얼거림에 상동하 장로는 밝은 얼굴을 해 보였다.

그가 승낙한 것이라 여긴 것이다.

"감사합니다."

냉무기는 기쁜 얼굴의 상동하를 고요한 눈으로 바라보다가 입을 열었다.

"천마신교를 조심하도록."

"알겠습니다."

천마신교는 굳이 냉무기가 주의를 주지 않아도 조심할 것이다.

흑월회가 삼패 중 하나로 그 덩치가 크다고 하지만 아직까지 그 내실의 단단함은 천마신교에 미치지 못했다.

상동하 장로도 그 사실을 잘 알고 있었다.

"난 분명히 경고했다, 상동하."

상동하는 냉무기의 조언을 들으며 흐릿하게 웃었다.

늙은 괴물도 나이가 드니 별수 없는 모양이다.

별 쓸데없는 걱정까지 다 하는 것을 보니 오히려 마음이 놓였다.

상동하 장로는 속으로 냉무기의 모습에 만족하며 서둘러 읍을 해 보였다.

"손녀분을 만나 하실 말씀이 많으실 텐데 방해해서 죄송합니다. 저는 이만 물러가겠습니다."

냉무기는 대답을 하지 않았다.

상동하 장로는 그것이 그만의 허락 방식인 것을 알고 있었기에 서둘러 그 자리를 벗어나기 위해 문밖으로 향했다.

그가 사라지는 것을 조용히 바라보고 있던 냉하영이 입을 열었다.

"그게 무슨 뜻이에요, 할아버지?"

냉무기는 그때까지의 딱딱한 표정을 살짝 풀어내며 슬쩍 웃었다.

"뭐가 말이냐?"

"천마신교를 조심하라는 말이요."

"말 그대로다."

탁자에 놓여 있던 찻주전자를 찻잔에 기울이며 냉무기가 무심하게 말했다.

"지금 기련산에는 그 녀석이 와 있다."

"그 녀석이요?"

"공손천기."

천마신교의 교주.

그가 이곳까지 나와 있었던가?

냉하영은 이 새로운 정보에 눈을 반짝거리며 말했다.

"교주요? 하지만 정도맹에서도 태극검황이 나왔잖아요?"

"그렇지."

"어? 그러고 보니 삼황이 이렇게 가까이 모인 것은 처음이네요?"

냉무기는 흐릿하게 웃었다.

"그렇게 되는 건가."

"그렇죠. 어? 설마……. 할아버지, 전에 삼황을 만난 적이 있어요?"

세상에 알려진 공식적인 기록으로는 삼황은 서로를 단 한 번도 만난 적이 없었다.

어디까지나 '공식적인' 기록으로는 그랬다.

냉하영은 그들의 행보에 관한 자료들을 살펴볼 때마다 늘 이 부분이 신기했었다.

'사십 년 동안 단 한 번도 만난 적이 없었다고?'

사십 년이라는 세월은 결코 짧지 않다.

그랬기에 이 부분은 확실히 의문을 품을 만한 대목이었다.

고의적으로 서로가 만남을 회피하지 않는 이상은 불가능에 가까운 일이었으니까.

냉하영은 호기심 때문에 이 부분을 집중적으로 조사해 보았다.

그리고 결론을 내렸다.

놀랍게도 그들이 고의적으로 만남을 회피한 것 같지는 않다는 결론이었다.

단지 여태까지 그들의 고유 영역이 서로 너무도 달랐기에 직접적으로 부딪치지 않았을 뿐이었다.

무림 역사상 이토록 서로 간의 색깔이 극명하게 다른 절대 고수들이 충돌하지 않고 한 시대에 공존하는 경우는 단 한 번도 없었다.

전례가 없었던 일인 것이다.

삼황과 같은 시대에 살고 있었지만 늘 지금의 이 미묘한 관계가 신기했던 냉하영이다.

그래서 의문이었다.

삼황의 세 명.

정말 그들 중 단 한 명도 서로의 실력에 대해 궁금해하지 않았을까?

그들도 분명 인간일 텐데 다른 자들에게 단 한 번도 호기심을 가져 보지 않았을까?

'하지만…….'

누구 하나라도 그런 의문을 품고 상대방을 만나려 했다면 지금의 균형은 깨어졌을 것이다.

그들이 만나게 되었더라면 필연적으로 부딪칠 수밖에 없었을 테니까.

냉하영의 생각은 거기에서 늘 막혔다.

그때 그녀의 할아버지인 냉무기가 입을 열었다.

"네가 보기엔 어떻더냐? 우리가 정말 한 번도 만난 적이 없었을 것 같으냐?"

그들이 만났더라면 최소한 셋 중의 한 명은 죽었을 것이다.

하지만 그러한 일은 현실에서 일어나지 않았다.

그랬기에 냉하영은 선뜻 대답할 수가 없었다.

"잘 모르겠어요, 할아버지. 설마 만난 적이 있는 건가요?"

냉무기는 대답하지 않고 빙그레 웃었다.

그것은 무언의 긍정.

냉하영은 눈을 가늘게 떴다.

특유의 호기심이 생겼기 때문이다.

"어땠어요, 할아버지?"

"뭐가 알고 싶으냐?"

"보고 느낀 것 그대로를 알고 싶어요."

"항상 너무 어려운 것을 알고 싶어 하는구나."

"할아버지를 찾아온 이유 중의 하나라고요, 이건."

"나를 찾아온 이유?"

"예. 사실 조금 골치 아픈 일을 떠맡아 버렸거든요."

냉하영은 강호서열록에 관한 이야기를 냉무기에게 해 주었다.

그 볼멘소리를 잠자코 듣고 있던 냉무기의 얼굴이 조금 심각하게 변했다.

"강호서열록이라……. 그건 제법 위험한 발상이구나."

"그래요?"

대체 어디가 위험하다는 것일까?

냉하영이 고개를 갸웃거릴 때 냉무기는 찻잔을 입으로 가져갔다.

그리고 잠시 무언가를 생각하다가 그답지 않게 약간은 망설이는 어조로 입을 열었다.

"현 강호에서 그것에 대해 명확히 알고 있을 만한 사람은 단 두 명밖에 존재하지 않는다."

"누구예요, 그게?"

"나와 공손천기."

냉하영은 잠시 멈칫거렸다.

순간 지금 할아버지의 대답에서 석연치 않은 느낌을 받았기 때문이다.

'그게 뭐지?'

뭔가 대단히 중요한 무언가를 놓친 것 같은데?

그렇게 고민하며 조금 전의 말을 되새김질하자 문득 한 가지 가정이 번갯불처럼 뇌리를 스쳐 갔다.

동시에 냉하영은 몸을 부르르 떨었다.

"하, 할아버지, 설마……?"

흑월야황 냉무기.

그는 손녀를 보며 담담하게 웃었다.

손녀는 예전부터 너무 똑똑한 게 흠이었다.

항상 몰라도 될 것까지 알아 버리곤 했다.

그런 손녀기 때문에 그녀의 의문에 정확하게 대답을 해 줘야 했다.

"맞다. 나는 과거에 그들 모두를 한 번씩 만난 적이 있다."

비공식적인 만남이었다.

그리고 그 만남 때문에 흑월야황 냉무기.

그는 은거를 결심하게 되었다.

냉무기의 표정을 살펴보고 있던 냉하영은 조심스럽게 입을 열었다.

"그때 있었던 일을 저에게 말씀해 주실 수 있으세요?"

냉무기는 잠시 뜸을 들였다.

그리고 말했다.

"감당할 자신이 있느냐?"

냉하영은 진지한 얼굴로 고개를 끄덕였다.

분명 지금 할아버지가 알고 있는 '비밀'은 강호의 그 누구도 모르는 숨겨진 '진실'일 것이다.

하지만 그렇기 때문에 반드시 알아야 했다.

그녀는 지식과 정보를 되도록 많이 알고 있어야 이 험난한 강호에서 스스로의 몸을 지킬 수 있다는 것을 본능적으로 알고 있었기 때문이다.

그리고 숨겨진 진실은 그녀가 생각했던 것보다 더욱 명확하고 분명한 실체를 가지고 있었다.

第七章

괴물

조기천은 신중한 얼굴로 작업에 열중하고 있었다.

대야에 가득 담긴 황색 점토.

아까부터 그것을 연신 주물럭거리며 무언가의 형상을 열심히 만들어 가고 있었던 것이다.

한참 동안 점토와 씨름하고 있던 조기천은 곧 말을 타고 있는 사람의 형상을 다섯 개 만들었다.

완성된 그것을 보는 조기천의 얼굴에는 만족한 표정이 떠올라 있었다.

말을 탄 사람.

대략 손바닥 크기만 한 다섯 개의 점토 인형을 이곳저곳 살펴보며 조기천은 소매에서 작은 주머니를 꺼내었다.

차르륵—

작은 주머니 속에는 거무튀튀한 빛을 뿜어내는 돌덩이들이 가득했다.

흑요석이었다.

남만의 더운 땅에서도 아주 극소량만 생산된다는 그 진귀한 보석.

손톱만 한 것 하나로 장안에 있는 거대한 저택을 다섯 채나 사들일 수 있다는 게 흑요석이다.

그것이 조기천이 꺼낸 작은 주머니에 가득히 들어차 있었다.

"우선은 다섯 개."

조기천은 작게 중얼거리며 흑요석 다섯 개를 골라내었다.

그리고 미리 준비해 놓은 바늘로 오른손 손가락 끝을 한 번씩 찌르기 시작했다.

따끔한 통증과 함께 주름투성이 다섯 손가락 끝에서 각각 핏방울이 한 방울씩 배어 나왔다.

조기천은 그것을 빼놓은 흑요석 하나하나에 묻히기 시작했다.

흑요석에 핏방울을 묻힌 후 그것을 다섯 개의 인형에 박아 넣었다.

이로써 가장 기초적인 준비가 끝났다.

"그럼 가 볼까."

조기천은 완성된 다섯 개의 점토 인형을 가지고 어딘가로 향했다.

바로 악중패의 무덤.

그곳을 감싸고 있는 진법을 향해서였다.

*   *   *

진법 앞에 나타난 조기천은 천천히 심호흡을 했다.

나이가 들어서인지 이제 이런 일은 버거웠지만 지금으로서는 어쩔 수가 없었다.

시간이 너무 없었기 때문이다.

'사흘 후라…….'

죽이 되든 밥이 되든 그 전까지 뭔가 결과물을 보여 주어야 했다.

조기천은 산길을 걸어가다가 멈춰 섰다.

특이한 문양이 새겨진 돌 비석들이 사방에 세워져 있는 곳.

이 앞에서부터는 위험했다.

진법의 영향권에 들어가기 때문이다.

조기천은 신중한 표정으로 경계선을 살펴보았다.

전문가.

이쪽 방면에 있어서 조기천은 달인이었다.

그랬기에 그의 눈에는 남들에게는 보이지 않는 뚜렷한 진법의 경계선이 보였다.

그 경계선을 신중한 얼굴로 살펴보며 가져온 점토 인형 다섯 개를 내려놓았다.

경계선.

딱 그 위에 걸쳐지는 위치였다.

"후우."

여기서부터가 중요했다.

조기천은 경계선을 계속 살펴보며 점토 인형들을 조금씩 안으로 밀어 넣었다.

잠시 후 점토 인형이 완전히 경계선 안으로 들어갔다.

조기천은 무릎을 꿇고 오른손만을 경계선 안으로 집어넣었다.

엎드린 듯한 약간은 불편해 보이는 자세.

어쩔 수 없이 그 상태로 기다려야 했다.

첫 번째 변화가 찾아올 때까지.

다행히도 첫 번째 변화는 금세 찾아왔다.

진법 안에 들어가 있던 다섯 개의 점토 인형이 점차 아래위로 가늘게 진동하기 시작했던 것이다.

그것을 지켜보던 조기천은 눈살을 찌푸렸다.

'이건 너무 빠르다.'

좋지 않은 징조였다.

진법 안에 들어선 지 얼마나 되었다고 벌써부터 첫 번째 변화가 시작되고 있는 것이다.

드드드득—

진법 전체가 가늘게 떨려 왔다.

동시에 경계선 안에 들어가 있던 다섯 개의 점토 인형.

그것들이 점차 커지기 시작했다.

조기천은 그 광경을 신중한 얼굴로 지켜보고 있었다.

'진법은 인간이 자연의 힘을 인위적으로 비틀어서 만든 공간.'

진법 안은 일종의 다른 세상이었다.

그렇기 때문에 말도 안 되는 비현실적인 일이 그 안에서는 자연스럽게 벌어지곤 했다.

지금도 그랬다.

푸르릉—

말을 탄 다섯 명의 무인들.

조기천이 만들어서 가져왔던 다섯 개의 점토 인형이 어느새 진법 안에서 말을 탄 사람들로 변해 있었던 것이다.

그들은 진법 바깥의 조기천을 바라보며 명령을 기다리고 있었다.

'우선은 하나.'

조기천은 왼손으로 바닥을 짚고 있던 오른손의 소매를 천천히 걷어올렸다.

그리고 신중한 얼굴로 오른손의 새끼손가락을 살짝 움직였다.

그러자 제일 오른쪽 끝에 있던 무인이 성큼성큼 앞으로 걸어 나갔다.

보통 진법이 발동되면 진법 안에 들어가 있는 사람의 모습은 바깥쪽에 있는 사람이 볼 수 없었다.

진법 안과 바깥의 세상이 완전히 다른 세상으로 나뉘기 때문이다.

하지만 조기천은 앞에서도 말했다시피 이쪽 방면의 달인이었다.

그래서 약간의 편법을 동원했다.

그 편법이 바로 점토 인형이었다.

조기천의 오른손은 지금 진법 안에 들어가 있었다.

본디 이렇게 신체의 일부분만이 진법 안에 들어가 있는 경우, 대다수의 진법은 발동되지 않는다.

그것이 기본 조건.

하지만 조기천에게는 대리인이 있었다.

그를 대신해서 어떠한 위험이라도 감수할 수 있는 무적의 대리인.

다섯 명의 말 탄 무인들.

흑요석이라는 비싼 보석을 매개체로 한 점토 인형 다섯 개.

그것들이 지금 진법 안에서 사람처럼 움직이고 있었던 것이다.

그리고 그 점토 인형이 겪는 진법의 변화를 조기천도 간접적으로나마 느낄 수 있었다.

'확실히 이건 어렵구나.'

사실 이곳에 펼쳐져 있는 형태의 진법은 조기천으로서도 난생처음 보는 희한한 것이었다.

진법 바깥부터 시작되어 이곳까지 이어진 기이한 문양의 비석들.

그것은 보자마자 해석할 수 있었다.

비석들에 새겨져 있는 기이한 문양들은 산법에서도 잘 쓰지 않는 무척 오래되고 낡은, 그래서 더더욱 복잡한 수식들의 집합체였던 것이다.

애초에 엄승도는 이 복잡한 수식들만 풀고, 해석해 내는 것에도 상당한 시간이 걸릴 것이라 예상했었다.

하지만 그것은 큰 착각이었다.

조기천은 그 복잡하고 어렵게 꼬여 있는 수식들을 단박에 해석했기 때문이다.

하나 문제는 거기서부터였다.

산법으로 비석에 새겨져 있던 수식들을 풀어 보니, 놀랍게도 그것은 눈앞에 펼쳐져 있는 진법에 관한 자세한 설명들이었다.

누군가가, 산법과 진법에 대단한 자신감이 있는 어떤 누군가가 이곳에 진법을 펼쳐 놓은 것이었다.

그것도 미리 비석에 해답까지 새겨서 보여 주며 펼쳐 놓았다.

대단한 자신감이었다.

문제는 해답을 보고도 파진(破陣)이 어렵다는 점이었다.

정답은 물론이고 진법의 진행 방향까지도 알아냈지만 이것은 조기
천으로서는 도저히 뚫을 수가 없었던 것이다.

'무림인만이 가능하다.'

진법 안에서 제대로 움직이는 것조차 할 수 없는데 어떻게 진법을
파훼할 수 있겠는가?

그랬기에 이렇게 간접적으로 진법을 경험해 보고 정확한 파훼법을
찾은 후에 천마신교에 그 방법을 전해 주리라 생각하고 있던 조기천이
었다.

'음?'

갑자기 조기천의 얼굴이 흐려지기 시작했다.

진법의 안쪽으로 들어갈수록 점차 어마어마한 압력이 전해져 왔기
때문이다.

간접적으로 느껴지는 압력이 이 정도라면 진법 안에 들어가 있는 말
탄 무인들이 실제 겪고 있는 압박감은 정말 엄청날 것이다.

그래도 그들은 묵묵히 조기천의 명령을 수행하고 있었다.

이윽고 앞서 걸어갔던 가장 오른쪽의 말을 탄 무인.

그가 조기천이 생각하기에 제일 첫 번째 관문으로 보이는 곳에 도달
하게 되었다.

'용이 되지 못한 이무기라⋯⋯.'

첫 번째 시험.

용이 되지 못한 이무기를 돌파해서 그 안으로 들어가야 했다.

모든 진법이 그러하듯 이것은 대단히 은유적인 표현 방법이었다.

조기천은 그동안 진법에 대해서 공부해 오며 용이 되지 못한 이무기라는 표현을 몇 번 보아 왔었다.

그 표현이 나오는 진법은 대단히 거칠었고, 살아 있는 것에 대한 적대감이 엄청났다.

사람이 그런 진법 안에 들어가면 대다수가 죽어서야 나오는 진법들인 것이다.

때문에 조기천은 한껏 신중한 얼굴로 새끼손가락을 움직였다.

그러자 가장 전면에 서 있던 무인이 잠시 머뭇거리다가 첫 번째 관문 안으로 들어갔다.

안으로 들어섰던 그 순간에는 별다른 이상이 없었다.

걱정했던 것과는 너무도 다른 평탄한 반응.

조기천이 의아한 마음을 품었던 순간.

갑자기 눈앞에 무언가가 나타났다.

그것이 무엇인지 머릿속으로 채 깨닫기도 전에 조기천은 고통스러운 신음을 흘려야만 했다.

"크윽!"

새끼손가락이 생으로 뜯겨 나가는 듯한 엄청난 통증.

조기천은 늙은 몸뚱이 전신에서 식은땀을 뻘뻘 흘리며 고통을 참았다.

방금 하마터면 오른손을 진법 밖으로 뺄 뻔했던 것이다.

만약 조금 전에 오른손을 진법에서 빼냈다면 그걸로 끝이었다.

여태껏 했던 모든 사전 작업들이 물거품이 되고 만다.

'아슬아슬했다.'

조기천은 고통으로 표정을 일그러뜨린 가운데 크게 안도했다.

최악의 상황은 면한 것이다.

그리고 조기천은 고통이 어느 정도 가라앉자 곧장 의구심을 품었다.

첫 번째 관문.

그 안에 점토 인형을 한 방에 부숴 버린 무언가가 있었다.

형태도 움직임도 제대로 보지 못했던 그것에 대한 궁금증이 머릿속에 떠올랐다.

'대체 뭐였던가?'

아무래도 간접적으로 진법을 경험하는 상황이다 보니 반응이 한발 늦을 수밖에 없었다.

그래서 첫 번째 관문 안에 있는 것을 제대로 살펴볼 수가 없었다.

'어떻게 해야 하나……'

조기천은 갈등했다.

다시 점토 인형 하나를 보낸다고 해서 안에 있는 그것을 제대로 볼 수 있을지 의문이었다.

첫 번째 관문만 어떤 식으로 되어 있는지 확실하게 볼 수 있으면 그 다음부터는 일이 훨씬 수월하게 진행될 수도 있었다.

잠시 고민에 고민을 거듭하던 조기천은 이윽고 결단을 내렸다.

'한꺼번에 들어가 본다.'

한 명이나 두 명이 들어가서는 안에 있는 것을 제대로 볼 자신이 없었다.

확실하게 하려면 남아 있는 점토 인형 넷을 한꺼번에 들어가게 해서 확인하는 방법뿐이다.

그렇게 마음먹고 조기천은 새끼손가락을 제외한 나머지 손가락으로 바닥을 빠르게 두드렸다.

톡톡톡톡—

그러자 그때까지 대기하고 있던 네 명의 말 탄 무인들이 일제히 첫 번째 관문을 향해 움직이기 시작했다.

그들을 보며 조기천은 각오를 다졌다.

안에 있는 게 뭔지는 모르겠지만 분명히 저 네 명 중 몇 명은 부서지게 될 것이다.

그렇다는 말은 조금 전에 겪었던 그 고통을 다시금 겪게 된다는 뜻이다.

'버틸 수 있으려나.'

육체적으로는 한 번도 단련하지 않은 늙은 몸뚱이였다.

방금과 같은 고통을 또 겪는다면, 온전히 감당할 수 있는 자신이 없었던 것이다.

하지만 조기천은 곧 평소의 무심한 표정으로 돌아왔다.

어차피 그가 아니면 할 사람이 없었다.

누군가가 해야 한다면 그가 하는 것이 맞았다.

그렇게 납득하고 나니 마음이 조금 편안해졌다.

그리고 그때쯤 네 명의 점토 인형이 첫 번째 관문 입구에 도착했다.

'한꺼번에 들어가야 한다.'

조기천은 신중한 얼굴로 점토 인형을 배치했다.

그리고 마음의 각오를 다지며 점토 인형들을 안으로 밀어 넣었다.

어금니를 꽉 깨물고 네 명을 안으로 밀어 넣었는데 역시 조금 전처럼 처음에는 아무런 반응이 없었다.

이때가 중요했다.

네 명의 점토 인형의 시선으로 주변을 빠르게 훑어보려는데 갑자기 엄청난 통증이 밀려왔다.

퍼석—

순식간에 두 개의 점토 인형이 박살 난 것이다.

'크윽!'

조기천은 손가락이 떨어져 나가는 듯한 통증에 속으로 비명을 질러 댔다.

하지만 여기서 정신을 놓는다면 말짱 헛수고였다.

재빨리 남은 두 개의 점토 인형을 조종해서 진법 안으로 깊숙이 밀어 넣었다.

안에 무엇이 있는지 확인을 해야 했다.

이를 악물고 두 개의 점토 인형을 안으로 밀어 넣자 무언가가 눈에 보였다.

첫 번째 관문 안은 널찍한 동굴이었다.

그 넓은 동굴 중심에는 거대한 물웅덩이가 있었고, 물웅덩이에는 탁하고 음습한 독기가 가득했다.

'여긴 뭐지?'

그렇게 의문을 품는 순간.

퍽—!

다시금 하나의 점토 인형이 박살 나 버렸다.

조기천은 전신을 덮쳐오는 어마어마한 고통 때문에 몸을 부들부들 떨면서 하나 남은 점토 인형으로 빠르게 주변을 둘러보았다.

대체 뭐가 그를 이렇게 만들었는지 확인해야 했다.

그리고 그 순간 조기천은 '놈'을 똑똑히 보았다.

'이, 이건 말도 안 된다.'

뱀이었다.

그것도 집채만 한, 엄청난 크기의 뱀.

머리에는 왕관 같은 붉은색 뿔이 돋아나 있었고, 온몸은 검은색 비늘로 뒤덮여 있는 거대한 뱀이었다.

그 뱀은 지금 동굴 천장에 붙은 상태로 조기천을 바라보며 웃고 있었다.

그랬다.

분명히 놈은 웃고 있었다.

마치 재미있는 장난감을 본 것 같은 그 표정에 조기천은 머리털이 쭈뼛 서는 섬뜩함을 느꼈다.

하지만 그것보다 더 놀라운 일은 그다음에 일어났다.

[하찮은 인간 주제에 결국 봐 버렸구나.]

"……!"

진법 바깥에 있던 조기천은 너무 놀라서 하마터면 계집처럼 비명을 지를 뻔했다.

[넌 이곳에 들어올 자격이 없다. 돌아가라.]

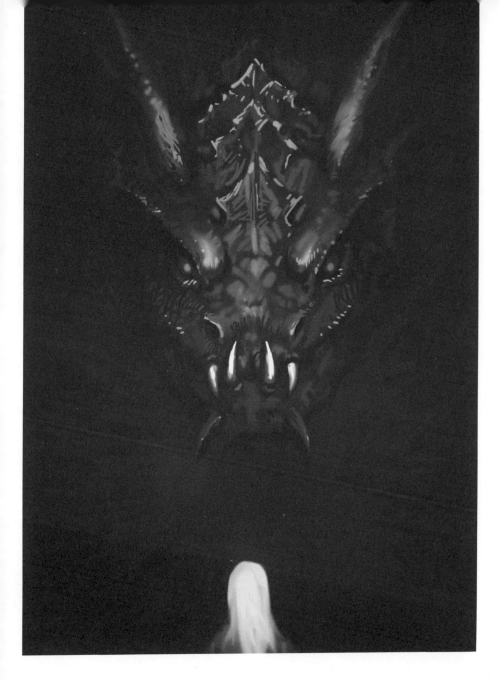

뱀의 거대한 꼬리가 휘둘러지는 것이 보이는 데서 조기천의 기억은 끊기고 말았다.

*   *   *

중국의 아주 오래된 책들 중에 산해경(山海經)이라는 것이 있다.

저자가 누구인지, 언제 기록된 것인지는 아직까지도 분명치 않지만, 거기에는 이 세상에 존재하는 모든 괴이한 신화나 전설, 요괴, 요마 등에 관련된 일화들이 세세하게 기록되어 있었다.

그곳에 보면 이무기에 대한 기록들이 나온다.

*   *   *

조기천 스승님이 쓰러졌다는 소식을 접한 초류향은 얼굴이 발갛게 상기될 정도로 무작정 뛰어갔다.

그 모습을 뒤에서 쫓으며 엄승도는 생각했다.

'역시 아무리 봐도 평범해 보이는데.'

교주님께서 직접 선택한 후계자.

그들이 사는 세상에선 신의 아이다.

그랬기에 더욱 이해하기 어려웠다.

타고난 골격이 작아 힘을 쓰기에 그다지 적합한 신체도 아니었고, 또래에 비해 천부적으로 뛰어난 자질을 보이는 것도 아니었다.

하지만 의심은 거기까지였다.

엄승도는 딱 거기에서 의심을 멈췄다.

후계자를 선택한 것은 그가 아니다.

교주님이었다.

신의 대리인이자 천하제일인.

그런 사람이 선택한 아이니 분명 평범한 사람들은 보지 못하는 무언가가 있다는 뜻일 터.

그리고 그것 하나면 충분했다.

그것이면 엄승도는 물론이고, 천마신교의 모두를 납득시키기에 충분한 이유가 되었다.

교주는 그들에게 그러한 존재였다.

"헉, 헉헉."

엄승도는 숨을 헐떡거리며 뛰어가는 작은 아이를 바라보며 담담한 얼굴을 해 보였다.

생각해 보면 저 아이는 이제 앞으로 그가 평생을 두고 지켜야 할 사람이 되었다.

그러니 시간은 아주 많았다.

교주가 한 지금의 선택이 과연 어느 정도로 대단한 선택이었는지 확인할 수 있는 시간은 이제 차고도 넘치는 것이다.

그러니 그것을 확인하기 위해 조급해할 필요가 전혀 없었다.

"스승님!"

"왔느냐?"

방 안에 있던 공손천기가 초류향을 바라보며 입을 열었다.

그리고 그 옆에 있던 우 호법과 주 호법은 읍을 하며 예의를 갖추었다.

하지만 초류향의 시선은 이미 그들에게 머물러 있지 않았다.

침상 위에 초췌한 얼굴로 누워 있는 조기천 스승님에게 고정이 되어 있었던 것이다.

"어, 어떻게 된 것입니까?"

"일단 나가서 이야기하자. 이제 막 잠들었으니까. 여기서 시끄럽게 굴다가 깨면 곤란하거든."

공손천기는 파리하게 질려 있는 초류향을 억지로 밖으로 끌고 나갔다.

그리고 곧장 상황을 말해 주지 않고 무언가를 생각하는 듯한 얼굴로 잠시 뜸을 들였다.

초류향은 인내심을 가지고 공손천기의 이어지는 말을 기다렸다.

이런 상황에서 재촉한다거나 소란을 피운다거나 하는 행동은 하나도 도움이 되지 않는다는 것을 알기 때문이다.

하지만 그런 의지와 다르게 몸은 솔직했다.

가늘게 떨리는 초류향의 팔을 보며 공손천기가 느릿하게 입을 열었다.

"진법에 뭔가 이상이 있는 모양이야."

"그게 무슨 말입니까?"

"저 친구가 진법 안에서 괴상한 걸 봤다더구나."

"괴상한 것이라면……."

공손천기는 턱을 쓰다듬으며 히죽 웃었다.

"용(龍), 혹은 이무기가 있다더구나. 저 안에."

"……예?"

이게 갑자기 무슨 말인가?

초류향은 멍한 얼굴을 해 보였다.

그 얼굴을 보며 공손천기가 고개를 끄덕였다.

"역시 안 믿기지? 나도 그렇다, 제자야. 근데 그 말을 한 사람이 저 친구라서 안 믿을 수도 없지 않겠느냐?"

그랬다.

평소 농담과 장난을 극도로 싫어하던 조기천이었다.

그의 성격상 이러한 일에 거짓을 말했다는 것은 있을 수가 없는 일.

한참 동안 공손천기의 얼굴을 살펴보며 말의 진위 여부를 파악하려던 초류향은 곧 그런 생각을 포기하고 입을 열었다.

"그럼 진법 안에 있다는 그게 스승님에게 해코지를 했다는 말입니까?"

"그렇다더구나. 실제로 내가 본 게 아니니까 믿기 어렵긴 하다만……."

초류향의 눈빛이 진지하게 변했다.

"스승님은 지금 어떤 상태인 겁니까?"

"일단 기본적으로 가벼운 탈수 증상이 있고, 심적으로 많이 놀라 있는 상태다. 하지만 이건 휴식을 취하면 회복되는 거라 별반 문제가 되지 않는데……."

말을 잠시 멈춘 공손천기가 볼을 긁적이며 입을 열었다.

"오른팔에 조금 문제가 생겼다."

"무슨 문제가 생긴 겁니까."

"저 친구 말로는 그 용인지 이무기인지가 팔을 가져갔다더군."

초류향이 눈을 부릅떴다.

그리고 당장이라도 다시 방에 들어가 확인하려는 것을 억지로 잡아세우며 공손천기가 말했다.

"걱정 마라. 네가 생각하는 것처럼 팔이 없어지거나 떨어져 나간 게 아니니까."

그게 아니라면 대체 무슨 뜻인가?

"겉으로 보기에 팔은 멀쩡해. 다만 움직이지 못할 뿐이지."

"……!"

"제법 쓸 만한 술법에 당한 걸 보니 정말 저 친구 말대로 안에 뭔가 가 있기는 한 모양인데……."

공손천기는 살짝 곤란한 표정을 지어 보였다.

"힘으로 부수자면 못 할 것도 없지만 그렇게 되면 저 안에 있는 게 같이 부서질 테니 이쪽 입장이 곤란하단 말이야."

초류향은 안경을 고쳐 썼다.

그리고 말했다.

"제가 한번 가 보겠습니다."

"네가?"

"예."

공손천기는 진지한 얼굴을 하고 있는 제자를 물끄러미 바라보다 결국 고개를 저었다.

"네 신안이 나와는 전혀 다른 계통으로 열린 건 이미 알고 있다만 그래도 이건 너무 위험한 일이다. 나로서는 허락할 수 없다."

"전 할 수 있습니다."

고집스러운 얼굴.

공손천기는 그런 완고한 얼굴의 제자를 한참 동안 바라보았다.

그러다 뭔가 생각난 것인지 피식 웃었다.

"하지 말라고 해도 할 것 같은 얼굴이구나?"

"……."

"하여간 제자가 스승님 말을 안 들어 먹는 건 본 교의 오랜 전통인가 보다. 아주 역사가 깊구나."

공손천기가 그렇게 농담을 하며 히죽 웃자 초류향은 죄송스러운 표정을 지을 수밖에 없었다.

하지만 해야 했다.

저 안에 뭔가가 있다면 그것은 여기서 진법에 대해 그나마 잘 알고 있는 자신만이 파훼할 수 있었기 때문이다.

그리고 초류향은 나름대로 믿는 구석이 있었다.

그에게는 남들에게는 없는, 산법이라는 절대적인 비밀 무기가 있으니까.

그때 공손천기가 말했다.

"제자야."

"예, 스승님."

"넌 저 방에 누워 있는 저 친구의 제자이기도 하지만 내 제자이기도 하다."

"예……."

초류향의 눈동자가 가볍게 흔들렸다.

자신을 똑바로 응시하는 공손천기의 눈 속에서 제자의 안위를 걱정하는 스승의 진심이 엿보였기 때문이다.

다른 건 몰라도 역시 이런 종류의 감정은 견디기가 무척 힘들었다.

그때 공손천기가 불쑥 초류향의 머리에 손을 올리며 말했다.

"잘 모를 수도 있겠지만 난 이번에 새로 생긴 제자가 몹시 마음에 든다. 그러니 그 제자가 다치면 정말 미쳐 버릴지도 모르지."

"……."

"그런데도 꼭 가야겠느냐?"

초류향은 입을 열어 무언가를 말하려다가 결국 다물었다.

공손천기 스승님의 말처럼 저 안에 들어가는 건 굉장히 무모하고 위험스러운 일일 수도 있었다.

하지만 그냥 참고 있기엔 스스로에게 너무나 화가 났다.

스승님이 저렇게 다치시는 동안 자신은 무얼 하고 있었던가?

희희낙락하며 천마신교의 후계자가 된 것만 내심 즐기고 있지 않았던가?

그런 자책감과 부끄러움이 혼합되어 더더욱 저 진법 안에 들어가야 한다고 이야기하고 있었다.

"젠장, 저 친구 말이 맞았군."

공손천기는 어깨를 주물럭거리며 갑자기 투덜거렸다.

초류향이 의아한 눈빛을 보이자 공손천기가 말해 주었다.

"아아, 저 친구가 쓰러지기 전에 진법에 대해서는 너에게 말을 꺼내지 말라고 하더구나. 아마 네가 이렇게 나올까 봐 그랬던 것 같은데 내가 실수해 버렸다. 깨어나면 뭐라고 말해야 할지 모르겠네."

"……."

"그만큼 저 안이 위험하다는 뜻인데, 이젠 꼭 가야겠지?"

초류향은 고개를 끄덕였다.

"그래, 남자가 한번 결심했으면 끝까지 가 보는 게 맞는 거겠지. 그 끝에 뭐가 있든지 말이다."

승낙이었다.

초류향은 살짝 풀어진 얼굴로 공손천기 스승님을 향해 읍을 해 보였다.

"제자야, 그렇게 노골적으로 기뻐하지 마라. 이 스승님은 지금 마음이 몹시 복잡하니까."

"걱정하시는 일은 아마 없을 겁니다."

"당연히 그래야지. 그리고 위험하면 바로 빠져나올 수 있겠지? 진법은 그래도 저 친구에게 좀 배웠을 것 아니냐."

"예."

"내가 어지간하면 널 제압해서라도 못 가게 하겠다만……."

공손천기는 초류향의 두 눈을 바라보며 슬쩍 웃었다.

"네 신안이 좀 특이한 종류라서 한번 믿어 보마."

"예."

초류향은 안경을 매만지며 생각했다.

이번 일은 무슨 일이 있어도 자신의 손으로 마무리 짓겠다고. 그렇게 다짐했다.

*　　　*　　　*

"겸아, 내가 아까 말은 그렇게 멋있게 했다만 역시 그냥은 못 보내겠다. 어린아이를 물가에 내놓은 부모의 심정이다, 지금."

임학겸은 슬쩍 웃었다.

근래에 계속 보게 되는 교주님의 인간다운 모습에 자기도 모르게 마음이 따뜻해졌기 때문이다.

『속하가 가 보겠습니다.』

공손천기는 고개를 저었다.

"아니야. 네가 가까이 가면 눈치챈다. 저 녀석 눈이 좀 특별해서 말이다."

고민이 되었다.

제자의 신안은 임학겸이 제아무리 은신술의 대가라 하더라도 한 번에 꿰뚫어 볼 수 있었다.

때문에 그가 가게 된다면 십중팔구 들키고 말 테니, 자신이 도와주려 한다는 것마저 들키게 될 터.

그렇게 되면 자신을 신뢰하지 않고 사람을 보냈다고 여길지도 모른다.

'그건 별로 좋은 경우가 아니지.'

여기까지 생각하자 아까 괜히 멋있는 척했나, 하는 후회가 들었다.

공손천기는 머리를 부여잡고 고민했다.

그리고 입을 열었다.

"끙, 별로 내키지는 않지만 아무래도 영감쟁이들을 불러와야겠다."

『⋯⋯호법님들을 모셔오겠습니다.』

임학겸이 밖에서 대기하고 있던 수하들 중 하나와 자리를 교대하고 사라졌다. 그리고 얼마 지나지 않아 저 멀리서 엄청난 속도로 두 명의 인물이 달려왔다.

우규호 호법과 주상산 호법이었다.

"교주님!"

"그래, 나 귀 안 먹었다. 작게 말해."

"무슨 일이십니까? 놈들이 쳐들어왔습니까?"

"차라리 그게 낫겠다."

"헉? 그것보다 더 심각한 문제입니까?"

우 호법이 잔뜩 놀란 얼굴로 묻자 공손천기가 대답했다.

"제자 문제다."

"소공자님께 무슨 일이 생겼습니까?"

그때까지 옆에서 듣고만 있던 주 호법도 놀란 얼굴이 되어 물어 오자 공손천기가 말했다.

"아주 큰일이 생겼지. 골치 아픈 일이야."

"속하가 해결하겠습니다."

우 호법이 먼저 나서자 주 호법이 옆에서 재빨리 그를 밀쳐 내며 말했다.

"너는 빠져 있어라. 교주님, 속하에게 맡겨 주시지요."

"보기 좋은 모습이군. 누가 좋을까……."

기대를 담아 자신을 응시하는 두 명의 호법을 바라보며 공손천기는 생각했다.

그러다 문득 무언가를 머릿속에 떠올리곤 결론을 내렸다.

"내가 생각해 봤을 때 이번 일은 우 호법보다는 자네가 낫겠어."

공손천기가 주 호법을 턱짓으로 가리키자 주 호법의 얼굴에는 기쁨이, 반대로 우 호법의 얼굴에는 절망과 서운함이 떠올랐다.

"교, 교주님."

"왜?"

우 호법이 잔뜩 죽을상을 한 채로 입을 열었다.

"무슨 일이든 속하에게 맡겨만 주신다면 이 녀석보다는 더 빠르게 해결할 수 있습니다."

공손천기는 고개를 저었다.

"이번 일은 안 돼."

"크하핫! 이 구질구질한 녀석아, 교주님의 말씀을 못 들었느냐? 네 놈은 나에게 안된다."

"크윽!"

공손천기는 희비가 엇갈리는 둘을 말없이 바라보다가 말했다.

"우 호법, 자네는 이번 일을 하기에 덩치가 너무 커. 그러니 너무 섭섭하게 생각하지 마."

"예?"

우 호법이 의아한 얼굴을 할 때, 공손천기가 히죽 웃으며 말했다.

"주 호법이 왜소하니까 아무래도 이런 일에는 잘 어울리겠지. 크흐흐."

주 호법은 왠지 공손천기의 웃음에서 알 수 없는 불안감을 느꼈다.

그리고 그 불안감은 곧 현실이 되어 그에게 다가왔다.

第八章
흑월야황 냉무기

　발갛게 상기된 두 볼.

　이야기를 다 들은 냉하영은 붉게 충혈된 눈으로 그녀의 할아버지를 똑바로 응시했다.

　그 한없이 올곧은 눈길을 냉무기는 담담하게 받아들였다.

　"……저와 약속해 주세요, 할아버지."

　"무엇을 말이냐?"

　"지금 이 순간부터 이 자리에서 했던 이야기는 다른 누구에게도 말하지 않겠다고요."

　냉무기는 고개를 끄덕였다.

　"약속하마."

　냉하영은 무언가를 생각하다가 곧 슬픈 눈으로 할아버지를 불러보았다.

"할아버지."

"그래."

"지금 세대의 강호서열록은 역시 만들지 않는 게 좋겠어요."

"……."

"할아버지의 명예를 위해서 전 이번 세대의 강호서열록은 만들지 않을 거예요."

그녀는 품에서 가져온 강호서열록의 연명부를 꺼내었다.

그리고 그것을 조용히 보다가 탁자에 올려놓았다.

그 연명부에는 현재 강호에서 유명한 고수들의 이름들이 순서에 상관없이 적혀 있었다.

그녀에게는 이제 이것이 필요 없어졌다.

"원치 않았지만 이건 분명 제가 하기로 한 일이니 반드시 해낼 거예요. 하지만 그게 지금은 아니에요."

냉하영은 여기서 말을 끊고 할아버지를 똑바로 바라보며 말했다.

"다음 세대의 강자들이 나타날 때까지 전 기다릴 거예요. 아직 저에 겐 남겨진 시간이 많으니까요."

입술을 앙다물며 냉하영은 자리에서 일어섰다.

어느 정도 각오하고, 예상했던 일이었지만 확실히 진실을 알게 되자 마음이 좋지 않았다.

그녀는 할아버지가 천하제일인이라는 사실에 여태껏 단 한 번도 의심을 품어 본 적이 없었기 때문이다.

공손하게 인사를 하고 사라지는 냉하영을 보다 냉무기는 입을 열었다.

"엽(曄)아."

아무도 없는 빈방.

냉무기 혼자 있는 줄 알았던 그곳에 누군가의 모습이 드러났다.

"예, 주군."

흑월야황 냉무기.

그의 보이지 않는 검이자 그의 숨겨진 유일한 제자.

시엽(視曄).

창백한 피부에 선이 얇은, 보기 드문 준수한 용모의 청년이었다.

그는 공손한 태도로 냉무기의 앞에 모습을 드러내었다.

냉무기는 모습을 드러낸 청년을 향해 입을 열었다.

"어떻더냐?"

"무엇이 말입니까?"

"내 손녀는 네가 보기에 어떠냐는 말이다."

시엽은 잠시 동안 생각했다.

어떻게 말을 해야 할까?

잠시 생각하던 시엽은 머릿속에 떠오른 생각을 입 밖으로 꺼내었다.

"……지혜로워 보였습니다."

"그러하더냐."

"예."

"하지만 위험한 아이다. 계집아이가 지나치게 똑똑한 것은 타인에게도, 스스로에게도 독이 될 뿐이겠지."

"……."

어쩌면 그럴지도 모르겠다고 생각했다.

강호는 남자들이 주류인 세상이다.

그곳에서 여자의 몸으로 살아간다는 것.

그것 자체가 굉장히 위험하고, 험난한 일이었다.

곁에서 지켜줄 든든한 보호막이 없다면 여인의 몸으로 버티기에 강호는 그리 만만하지가 않은 곳이니까.

시엽은 그렇게 생각하며 묵묵하게 그의 스승이자 주인의 착잡한 말을 곱씹고 있었다.

그러다 불현듯 깨달았다.

이 무심해 보이고 냉막해 보이는 주인.

그의 유일한 걱정거리가 바로 조금 전에 보았던 그 냉하영이라는 소녀였다는 것을.

'과연 핏줄이라는 건가.'

바늘로 찔러도 피 한 방울 나올 것 같지 않은 냉무기에게도 혈육의 정이라는 것이 있는 모양이었다.

시엽이 그런 생각들을 하고 있을 때 냉무기가 불쑥 입을 열었다.

"아무래도 널 놓아줄 때가 온 것 같다."

냉무기의 갑작스러운 말.

그것을 이해하는 데에는 잠시간의 시간이 필요했다.

말뜻을 이해함과 동시에 시엽의 눈동자가 크게 흔들렸다.

전혀 기대하지도, 예상하지도 못했던 말.

청천벽력과도 같은 그 말에 시엽은 한동안 모든 사고가 정지해 버렸다.

그리고 겨우 정신을 차린 시엽은 곧장 냉무기를 향해 무릎을 꿇고 엎드렸다.

"주, 주군. 저를 내치시려 하십니까?"

"그래. 너무 늦어 미안했다."

냉무기의 말에 시엽은 전신을 부르르 떨었다.

아직은, 아직은 아니다.

이건 너무 이르다.

냉무기에게 배울 것이 아직 너무나도 많이 남아 있지 않은가?

"저는 준비가 되지 않았습니다."

냉무기는 고개를 저었다.

"너는 이미 오래전에 나의 모든 것을 다 이었다. 남은 것은 네 스스로 껍질을 깨는 것뿐이겠지."

"그래도 이건 너무 빠릅니다. 주군, 명령을 거두어 주십시오."

냉무기는 엎드려 떨고 있는 그의 숨겨 둔 제자를 무심한 눈으로 바라보다 담담하게 말했다.

"너도 이제 혼자 살아가는 법을 터득해야 하지 않겠느냐."

"……!"

혼자 살아가는 법.

맞았다.

시엽은 아주 오래전부터 명령 없이 혼자서 무언가를 하는 방법을 잊어버린 채 살고 있었다.

수동적인 인간.

그가 그 사실을 깨닫고 멍한 얼굴로 굳어 있을 때.

냉무기가 특유의 무감각한 얼굴로 입을 열었다.

"이제부터 너는 내 수하가 아니다. 그러니 가 보거라. 네가 가고 싶은 곳 어디라도. 지금부터는 네가 원하는 대로 살거라."

냉무기는 그렇게 말을 마치고 창밖을 바라보았다.

그 초연하고 담담한 모습에 시엽은 다가갈 수 없는 막막한 벽을 느꼈다.

'이럴 수는 없다.'

지난 이십 년 동안 시엽은 정말 성심을 다해 냉무기를 곁에서 모셔 왔다.

맹목적이라고 해도 좋을 정도로 그를 향해 충성을 바치고 있었던 것이다.

거기에는 단순히 충성심만으로는 설명되지 않는 무언가가 있었다.

'대체 왜 나는 이분 곁에서 떠나지를 못하는 건가? 단지 존경스러운 분이라서?'

시엽은 고민했다.

그리고 그 답을 바로 찾아내었다.

냉무기는 그에게 스승이자 주군이며 아버지와도 같은 존재였다.

남들은 삼황의 한 명으로 최고의 위치에 있는 냉무기를 부러워했지만 시엽은 그 실상을 알고 있었다.

그의 인생이 남들이 생각하는 것처럼 결코 호사스럽지도 화려하지도 않았다는 것을.

오히려 세상 그 누구보다 척박하고 삭막한 삶이 아니던가?

시엽은 지금까지 단 한 번도 냉무기가 기뻐 웃는 모습을 보지 못했다.

그래서 시엽은 냉무기를 기쁘게 하고 싶었다.

그가 가르치는 무공을 미칠 듯이 수련한 것도, 그 성취를 보여 주는 것도 그런 이유에서였다.

여태껏 냉무기의 명령을 한 번도 거스른 적이 없던 시엽이다.

하지만 지금은 아니었다.

이건 시엽으로서는 결코 받아들일 수 없는 명령이었으니까.

"……떠나지 않겠습니다."

냉무기는 대답하지 않았다.

그저 무심한 얼굴로 창밖을 바라볼 뿐이다.

그의 태도에서 시엽은 어떤 단호함을 엿보았다.

한번 결정을 내리면 태산이 무너져도 눈 하나 깜짝하지 않는 냉무기다.

평소 그의 그런 성격을 알고 있었기에 시엽의 얼굴에 절망스러운 표정이 떠올랐다.

한참을 궁리하던 시엽은 불현듯 떠오른 어떤 생각에 작게 미소를 그렸다.

냉무기의 유일한 걱정거리가 무엇인지 알고 있지 않았던가?

생각해 보니 시엽은 이제 그 고민거리를 해결해 줄 수 있었다.

그리고 그것이면 냉무기를 기쁘게 해 줄 수 있을 것 같았다.

"그동안 감사했습니다."

시엽의 말에 냉무기는 대답하지 않았다.

그저 고개를 돌려 시엽을 바라볼 뿐이었다.

그 무덤덤한 시선에 시엽이 천천히 입을 열었다.

"주군, 저는 이제부터……."

"어리석다. 나는 이제 네 주군이 아니다."

시엽은 냉무기의 말에 잠시 움찔 몸을 떨었다.

주군이 아니면 대체 무어라 불러야 하는 것일까?

잠시 고민하던 시엽은 조심스러운 태도로 어떤 단어를 머릿속에 떠올렸다.

그동안 감히 불러 볼 생각조차 못 했고, 아직까지 단 한 번도 불러본 적이 없던 호칭.

그러나 지금이 아니면 어쩌면 앞으로도 평생 불러 볼 수 없는 호칭이었다.

"저는 지금부터 스승님……의 핏줄 곁에 머물겠습니다. 그리고 그녀를 지켜 주겠습니다. 제 평생을 바쳐서."

냉무기는 아무 말도 하지 않았다.

하지만 시엽은 그 순간 어렴풋이나마 알아차릴 수 있었다.

어쩌면 그의 스승은 이 부탁을 하고 싶었던 것 같다고.

"그럼 보중하십시오."

"……."

냉무기는 말없이 일어서서 떠나가는 시엽을 묵묵히 바라보았다.

그의 제자였지만 단 한 번도 제자라 불러 본 적이 없는 아이였다.

길가에 버려져 죽어 가던 것을 데려와 자신의 모든 것을 물려주고 지금까지 그림자 속에서 숨어 살게만 했던 아이였다.

'모든 것은 변해 간다.'

사람도 변하기 마련이다.

거기까지 생각한 냉무기는 슬쩍 웃었다.

명령에만 길들여져 있던 아이였다.

그렇기에 항상 걱정이 되었다.

하나 방금 전 스스로 생각하고 행동하는 모습을 보여 주지 않았던가?

냉무기는 거기에서 만족했다.

시엽이 굳이 할 필요 없는 일을 자청했지만 녀석의 마음이 어떠한 것인지 알고 있었기에 받아들였다.

저 아이에게 부족했던 부분이 이제부터라도 조금씩 채워져 완전해진다면.

차후에 강호에는 전설적인 검객이 나타나게 될 것이다.

그리고 그 검객은 냉무기의 손녀를 지켜줄 것이다.

세상 그 누구보다도 안전하게.

냉무기는 눈을 감고 의자에 몸을 기대었다.

그러자 조금 전 그의 손녀와 나누었던 대화들이 머릿속에 떠올랐다.

*　　　*　　　*

사십 년 전, 당시 최고 전성기를 구가하던 냉무기에게는 야망이 있었다.

천하통일.

무인이라면, 아니, 사내라면 누구나 한 번쯤 꿈꾸어 봤을 그것을 삼황 중 한 명인 냉무기 역시 강렬하게 염원하고 있었던 것이다.

그렇다면 천하통일을 위해서는 무엇이 필요할까?

또 어떻게 해야 가장 효율적일까?

냉무기는 한참을 생각했다.

그러자 해답이 나왔다.

'천하제일인.'

이곳은 다른 곳도 아닌 강호다.

힘이 곧 법인 세상.

그러니 이곳에서 본인이 천하에서 가장 강한 사람이 되면 되는 것이었다.

'하지만……'

단순히 그것만으로는 부족했다.

그럼 무엇이 더 있어야 할까?

냉무기는 이번에도 역시 금세 해답을 찾을 수 있었다.

세력이 있어야만 했다.

뒤를 받쳐 줄 수 있는, 천하에서 첫손에 꼽을 수 있는 거대한 세력이 있어야 했다.

그랬기에 냉무기는 오랜 시간을 투자하여 두 가지 조건 중에 하나는 이루었다.

천하 삼패.

정도맹, 흑월회, 천마신교.

그중 흑월회의 주인이 되었으니까.

세력의 힘은 어디 가도 모자라지 않았다.

이제 천하를 통일하기 위해 그에게 남은 과제는 자신과 비교되는 두 명을 제거하는 것뿐이었다.

그래서 그는 직접 찾아갔다.

제일 먼저 찾아간 사람은 정도맹의 주인.

태극검황 백무량.

그를 만나는 건 어렵지 않았다.

냉무기는 당당하게 정문을 통과해서 수많은 고수들의 바로 곁을 지나쳤지만 아무도 그를 보지 못했다.

아니, 그의 존재조차 감지하지 못했다.

냉무기가 원하지 않는다면 바로 코앞에 있어도 그의 존재를 눈치채지 못하는 것이다.

그 역시 인간의 한계를 초월한 초인.

평범을 넘어서는 비범한 사람이었다.

그런 그가 백무량을 만나고 나서 처음으로 신중한 표정이 되었다.

'열 걸음.'

백무량에게서 대략 열 걸음 정도 떨어진 거리.

그곳에 멈춰 서서 냉무기는 고민해야 했다.

태어나 처음으로 쉽게 승부를 장담할 수 없는 고수를 만난 것이다.

저 열 걸음 안으로 들어갈 경우 냉무기는 스스로 원하지 않아도 자신의 모습을 백무량에게 드러내야 한다.

그건 별로 바라던 결과가 아니었다.

질 것 같다는 느낌과는 다른 종류의 불쾌함.

그랬기에 한참을 서서 상대를 살펴보았다.

살펴보면 살펴볼수록 확실한 승리를 얻을 수 없다는 느낌이 강하게 들었다.

'최소한 팔 하나.'

최악의 경우 상대를 죽이고 자신도 죽는, 양패구상을 당할 위험이 있을 정도의 고수였다.

강호에서 떠도는 백무량에 관한 소문은 불행히도 사실이었던 모양이다.

반나절 동안 백무량을 지켜보던 냉무기는 마음을 정했다.

일단은 태극검황 백무량은 남겨 두고 암흑마황부터 만나고 오기로 마음먹은 것이다.

그렇게 냉무기는 암흑마황을 만나기 위해 십만대산으로 향했다.

난공불락(難攻不落, 공격하기 어렵고 함락되지 않는다.).

출입지사(出入之死, 들어오는 사람은 모두 죽는다.).

이 두 단어가 천마신교가 있는 십만대산을 일컫는 말이다.

강호의 그 누구도 허락받지 않고서는 들어갈 수 없는 땅.

하지만 그것도 어디까지나 보통의 사람들에게나 해당되는 말이었다.

냉무기가 걸어가는 길을 막을 수 있는 것은 그 대단한 천마신교에도 존재하지 않았던 것이다.

그러나 십만대산에 오르고 거기에서 그를 보았다.

헐렁한 표정과 나른한 자세로 앉아 있는 중년 사내.

암흑마황 공손천기.

'이건……'

그를 바라보던 냉무기의 눈빛이 변했다.

그의 눈빛에 떠오른 것은 단 하나의 감정.

그것은 너무도 명백한 실망감이었다.

냉무기는 눈살을 찌푸렸다.

태극검황을 만나고 오는 길이었다.

그랬기에 암흑마황 공손천기에 대한 강호의 수많은 소문들도 어느 정도 사실일 것이라 여기고 있었다.

내심 큰 기대를 하고 이 먼 곳까지 오지 않았던가?

하지만…….

'쭉정이다.'

눈앞에 있는 것은 멋들어진 흑룡포를 입은 겉만 번드르르한 허수아비였다.

단순히 거대 세력의 주인이라 그에게 삼황의 한 자리를 내준 모양이었다.

이런 자와 같은 삼황의 한 명이었다니 불쾌한 마음마저 드는 냉무기였다.

'죽이자.'

죽이려고 마음먹고 한 걸음을 내디뎠다.

그리고 또 한 걸음.

공손천기를 죽이기 위해 그렇게 천천히 다가가던 냉무기는 대략 다섯 걸음 앞에서 우뚝 멈춰 섰다.

갑자기 마음에 변화가 생겼던 것이다.

'이상하군.'

무언가가 꺼림칙했다.

말로는 설명할 수 없는, 그런 묘한 위화감이었다.

'뭐냐?'

냉무기는 본능이 경고하는 것을 결코 간과하지 않았다.

일단 조용히 뒤로 물러섰다.

그리고 주변을 찬찬히 살펴 가기 시작했다.

'급할 필요는 없다.'

이 기다림은 금세 끝날 것이라 생각했다.

그런데 그 생각은 한참이나 잘못된 생각이었다.

무려 한나절.

냉무기는 한나절 동안 공손천기를 멍하니 지켜보기만 했다.

그때서야 냉무기는 어렴풋이 깨달았다.

'이건 뭔가 잘못됐다.'

냉무기가 심각한 얼굴로 살펴보는 동안 공손천기는 늘어지게 하품을 하고 심지어 침상에 길게 드러누워 낮잠까지 잤다.

그런 헐렁한 모습에도 냉무기는 손가락 하나 까딱할 수 없었다.

'빈틈이 없다.'

아니, 솔직히 말하자면 빈틈투성이였다.

그런데 빈틈이 너무 많아서일까?

도저히 공격해 볼 엄두가 나지 않았다.

이런 괴상한 느낌은 난생처음이었다.

그리고 정확히 한나절이 지난 뒤, 암흑마황 공손천기는 졸음이 덕지덕지 붙은 눈으로 깨어나서 느릿느릿 후원을 거닐기 시작했다.

그 뒤를 묵묵히 따라가던 냉무기가 결국 딱딱한 얼굴로 입을 열었다.

"언제부터였지?"

그때에는 이미 뉘엿뉘엿 해가 저물고 있었고, 붉은 노을이 세상을 핏빛으로 물들이고 있을 무렵이었다.

냉무기의 갑작스러운 질문에도 공손천기는 전혀 당황하지 않았다.

다만 머쓱한 표정을 지어 보일 뿐이었다.

공손천기는 후원에 놓여 있는 바위에 아무렇게나 걸터앉으며 대답했다.

"간만에 눈치가 빠른 친구네?"

그 말을 듣는 순간 냉무기는 깨달았다.

이놈은 처음부터 그가 지켜보고 있다는 것을 알고 있었다.

다 알고서 일부러 모르는 척 연기를 하고 있었던 것이다.

태극검황 백무량조차도 눈치채지 못했던 냉무기의 은신술이다.

이것이 의미하는 바는 너무도 명백했다.

그리고 그 의미하는 바가 무엇인지 누구보다도 잘 알고 있던 냉무기의 눈빛이 점점 차가워졌다.

"내가 누군지 아나?"

공손천기는 고개를 끄덕였다.

그리고 히죽 웃었다.

"사파의 하늘에는 검은빛 달이 오연히 떠 있다더니……. 과연 소문대로 대단하구면.”

공손천기의 말을 들으며 냉무기는 어금니를 꽉 깨물었다.

분명 공손천기는 고수였다.

천하의 냉무기조차도 그 깊이를 짐작하지 못할 정도의 고수.

하지만 여기까지 온 이상 뒤로 물러설 곳이 없었다.

‘죽인다.’

냉무기가 특유의 무심한 표정으로 한 걸음 앞으로 다가서는 그 순간.

공손천기는 천지가 둘로 쪼개지는 듯한 환상을 보았다.

*   *   *

과거에나 지금이나 공손천기는 강했다.

그것도 무척.

적어도 무공에 관한 한 하늘 아래 인간은 그만큼 강해질 수는 없을 것 같았다.

냉무기와 처음 대면했을 무렵.

삼십 년 전의 공손천기.

그때도 그는 강했다.

“호오?”

책상에 따분한 얼굴로 앉아 있던 공손천기는 눈을 반짝 빛냈다.

방금 전에 무언가가, 아주 신기하고 독특한 뭔가가 그의 ‘영역’ 안으로 슬며시 기어들어 왔기 때문이다.

아주 은밀하고 조용해서 공손천기도 하마터면 그 기척을 놓칠 뻔했다.

"이건 재미있군."

"예?"

공손천기는 턱을 쓰다듬으며 장난스럽게 웃었다.

그리고 늘어져 있던 몸을 일으켰다.

동시에 맞은편에서 그에게 약재 보고를 올리고 있던 마의 선우조덕을 보며 입을 열었다.

"어이."

"예, 교주님. 하명하시지요."

"그 보고가 아주 급한 건가?"

또 무슨 못된 장난을 치려고?

선우조덕은 그러한 생각을 속으로 숨기며 담담하게 말했다.

"예. 아주 시급합니다, 교주님. 약재당의 재고가 서서히 바닥나기 시작했거든요."

"응? 왜?"

"천마령단을 대량으로 만들고 있잖습니까. 교주님이 얼마 전에 명령하신 대로."

"아, 그랬지?"

공손천기는 건성으로 대꾸하곤 시선을 문밖으로 향하며 말했다.

"근데 그 시급하다는 보고가 영감 목숨을 걸 만큼 급해?"

"예?"

"영감 목을 걸 만큼 급한 보고냐고."

선우조덕은 잠시 숨을 멈추고 생각했다.

이번에 교주가 된 공손천기는 전부터 생각해 왔던 거지만 항상 무언가를 숨겨 놓고 질문하는 나쁜 버릇이 있었다.

문제는 지금까지 그가 해 왔던 행동들로 미루어 볼 때, 숨겨 놓은 무언가는 항상 대단히 '중요'한 것이었다는 점이다.

장난을 좋아하는 공손천기였지만 사람 목숨을 가지고는 단 한 번도 장난치지 않았었다.

그런 그의 입에서 목숨이라는 단어가 나왔다.

이것은 깊게 생각해 볼 필요가 있었다.

선우조덕은 자신의 곱게 기른 반백의 수염을 몇 번 쓰다듬으며 당당하게 대답했다.

"당연히 제 목이 더 중요하죠. 이깟 보고서는 언제든, 백 장이라도 쓸 수 있는 거니까요."

공손천기는 히죽 웃었다.

"그럼 나가. 나도 내 명줄 끊어 가면서까지 늙은 목숨 이어 주고 싶은 생각 없으니까."

그의 말에 선우조덕은 순간 심각한 얼굴을 해 보였다.

"자객입니까?"

"글쎄, 비슷하긴 한데 조금 다른 거 같아."

이렇게 벌건 대낮에 당당하게 정문으로 들어오는 놈이 과연 자객일까?

공손천기가 그 생각을 떠올리며 피식 웃고 있을 때 선우조덕이 덤덤하게 말했다.

"척살조 아이들을 부르겠습니다."

"됐어. 번거롭기만 할 뿐이다."

공손천기는 귀찮다는 듯 손사래를 친 후 탁자에 턱을 괴었다.

"이건 단순히 머릿수로 어떻게 해볼 정도가 아니야."

"그 정도입니까?"

"그래. 그 정도다."

그랬다. 지금 이곳으로 똑바로 걸어오고 있는 놈은 숫자로 밀어붙일 수 있는 수준이 아니었다.

"그냥 모르는 척 나가서 주변이나 정리해 줘. 그놈이랑 단둘이 있고 싶다."

"너무 위험합니다."

"내 실력을 몰라? 나 엄청 강해."

"알죠. 그러니 위험하다구요."

"뭐가?"

선우조덕은 슬며시 웃으며 대답했다.

"그 자객이 위험하다구요. 살려서 배후를 캐 봐야 할 것 아닙니까?"

"글쎄, 아무래도 살릴 자신은 없는데……."

공손천기가 자신이 없는 듯 말끝을 흐리자 농담을 던졌던 선우조덕은 그제야 상황이 얼마나 심각한지 깨달았다.

그랬기에 그가 슬며시 긴장한 얼굴로 다시 말했다.

"늙은이들을 부를까요?"

"그 늙은 식충이들이 있으면 좋기야 하겠지만……."

공손천기는 말을 하다가 피식 웃었다.

"그럼 내 자존심이 상하잖아. 안 그래?"

"……."

선우조덕은 이번에는 웃지 않았다.

그는 심각한 얼굴로 슬며시 주변을 둘러보며 말했다.

"호위대로는 아무래도 부족하시겠죠?"

"이미 지시해 뒀어. 자네가 나가면 따라 나갈 거야, 이 아이들은."

"그러지 말고 그냥 늙은 놈들과 함께하시죠? 그놈들도 밥값은 해야 할 것 아닙니까? 매일 놀고먹느라 지겨울 텐데."

"그 늙은이들, 자네 친구 아니야? 지금 여기에 없다고 너무 막말하는 거 같은데?"

선우조덕은 펄쩍 뛰었다.

"친구라니, 그 무슨 섭섭한 말씀이십니까? 전 식충이들을 친구로 둔 적 없습니다."

공손천기는 고개를 끄덕였다.

"어쩐지, 그쪽도 약쟁이는 친구로 둔 적이 없다고 하더라고."

"이 건방진 새끼들이……."

선우조덕이 막 욕을 쏟아 내려 할 때.

공손천기가 입을 열었다.

"슬슬 다 와 간다. 이제 나가 보도록 해."

"정말 괜찮으시겠습니까? 급한 대로 저라도 있으면 도움이 될 텐데요?"

공손천기는 고개를 저었다.

"방해가 될 거야."

"……알겠습니다."

화경의 경지에는 들지 못했지만 선우조덕 역시 절정의 고수였다.

하나 선우조덕은 무공보다 약제술로 재능이 뛰어났으며 그와 더불어 독(毒)의 명수로 이름이 높았다.

그의 독공은 화경의 고수도 죽일 수 있을 정도로 무시무시했던 것이다.

'그런데도 방해가 된다?'

선우조덕은 슬쩍 웃었다.

그가 낄 무대가 아니라는 것을 방금 전에 확실히 깨달았다.

"지금 여기서 허무하게 죽으시면 많이 곤란한 거 알고 계시지요?"

공손천기는 고개를 끄덕였다.

"알아. 곤란한 것보다 많이 쪽팔린 일이겠지."

"예. 잘 알고 계시니 안심하고 나가 보겠습니다."

선우조덕은 공손천기를 향해 읍을 해 보인 후 몸을 돌려 걸어 나갔다.

그리고 거대한 문 앞에 서서 뒤를 돌아보지 않고 입을 열었다.

"전대 교주였던 지옥마제님께서는 저더러 교주님을 잘 보필하라고 했습니다."

"알고 있어."

"이 늙은이, 아직 교주님께 뭐 하나 제대로 해드린 것도 없는데 허무하게 죽으시면 정말 화낼 겁니다."

"그래. 나도 지금은 도저히 억울하고 분해서 못 죽지. 무공 배우느라 그렇게 생고생만 했는데. 이제 겨우 살 만해졌잖아? 쉽게 죽어 줄 수는 없는 노릇이지.”

공손천기는 말을 하고 나서 툴툴 웃으며 다시 입을 열었다.

“죽어 줄 생각 없으니 걱정 그만하고 가서 기다려. 저녁쯤에는 밥이나 같이 먹자.”

“알겠습니다. 아, 그리고 가능하면 죽이지 마십시오. 놈의 배후를 알아야 하지 않겠습니까?”

“노력은 해 볼게.”

선우조덕은 그제야 안심한 얼굴로 문을 열었다.

그리고 그가 나가고 문이 닫히기 직전에 누군가가 대전 안으로 들어왔다.

공손천기는 그를 보면서도 내색하지 않았다.

오히려 모르는 척 흥얼거리며 상대방을 그만의 방식으로 살펴보았다.

그리고 속으로 감탄했다.

‘이건…….’

대단하다.

정말 그 말밖에 나오지 않았다.

공손천기는 자꾸 웃음이 바깥으로 새어 나오려는 것을 억지로 참으려 안간힘을 썼다.

기뻤다.

사부 말고도 세상에 이 정도의 경지까지 이룬 사람이 있을 줄이야.

놈과 마주하고 있는 지금, 처음으로 무공을 배운 것에 감사할 정도였다.

'언제 공격해 들어올까?'

무기는 어떤 걸 사용할까?

아니, 무기를 쓰기는 쓸까?

그럼 어떤 방식으로 공격해 올까?

머릿속에 오만 가지 궁금증과 의문들이 떠올랐다가 그만큼 빠르게 사라져 갔다.

생각해 보니 이런 식으로 상대방을 탐색하고 견주어 본 것이 대체 얼마 만인지 이젠 기억도 잘 나지 않았다.

'빨리 와라.'

보고 싶었다.

저 녀석이 어떤 방식으로 저 정도의 경지를 이루었는지.

분명히 그와는 다른 길로 걸어가 저기까지 올라갔을 것이다.

'보고 싶다.'

놈이 보고 있는 세상의 일부를 지금 당장 보고 싶었다.

그래서 일부러 빈틈을 보여 줘 보았다.

과연 잠시 후.

우두커니 멈춰 서 있던 놈이 천천히 다가왔다.

한 걸음.

또 한 걸음.

그리고 정확히 다섯 발자국 앞에서 우뚝 멈춰 섰다.

'왜?'

뭐가 잘못된 거지?

공손천기가 태연한 얼굴로 하품을 하며 생각하고 있을 때.

녀석의 얼굴 위로 강한 의구심이 떠올랐다.

그것은 너무도 명백한 불신감.

무언가.

공손천기에게서 이상한 점을 발견한 모양이었다.

'그렇다면……'

늘어지게 기지개를 켜고 공손천기는 침상에 아예 드러누워 버렸다.

그리고 수면에 빠져들기 시작했다.

저 정도의 고수 앞에서 잠을 자는 척 연기하는 것은 불가능했다.

진짜로 자야 하는 것이다.

이것은 공손천기에게 있어서도 도박이 분명했다.

하지만 공손천기는 속으로 웃었다.

이래야 더 긴장감이 있지 않겠는가?

그래서 잤다.

정말로 깊은 숙면을 취하고 일어났지만 상대방은 처음과 같은 자세 그대로 미동조차 하지 않고 있었다.

정확히 다섯 걸음.

그 거리를 칼같이 유지한 채 그를 바라보고 있었던 것이다.

슬쩍 보니 그의 얼굴에는 숨길 수 없는 곤혹스러움이 묻어나 있었다.

'신중한 놈이로군.'

어떻게 해야 할까?

어떤 식으로 받아 줘야 이놈이 움직일까?

공손천기는 그렇게 생각하며 천천히 후원으로 향했다.

오랜만이었다.

세포가 하나하나 살아나서 움직이고 있는 이 기분.

이 살아 있다는 생동감.

말로는 설명하기 어려운 그런 충만함이 전신에 가득해졌다.

사부가 죽은 이후로 너무 오랜 기간 전력을 다해 볼 만한 상대가 없었다.

'욕구불만이었나?'

공손천기는 그렇게 스스로의 상태를 파악하며 느긋하게 후원을 거닐었다.

저 멀리 낙조(落潮, 저녁에 저물어 가는 해)가 붉게 타오르며 후원 전체를 붉게 물들여 갔다.

그 경치를 바라보며 공손천기가 스스로의 상념에 빠져 있을 때, 뒤에서 정확히 다섯 걸음의 간격을 유지하던 상대가 갑자기 제자리에 멈춰 서더니 이윽고 입을 열었다.

"언제부터였지?"

녀석이 입을 여는 순간 공손천기는 놈의 주변에 가득했던 그 신묘한 느낌이 부서져 나가는 것을 보았다.

이 정도의 말도 안 되는 은신술을 보여 줄 녀석이라면 천하에 단 한 사람뿐이었다.

공손천기는 일단 적당한 자리를 잡고 걸터앉았다.

그리고 입을 열었다.

"간만에 눈치가 빠른 친구네?"

그 말을 들은 놈의 얼굴이 아주 미묘하게 일그러졌다.

감정 표현이 꽤나 서툰 놈인가 보다.

공손천기가 거기까지 생각했을 때.

"내가 누군지 아나?"

물론 잘 알지.

공손천기는 그렇게 생각하며 고개를 끄덕였다.

"사파의 하늘에는 검은빛 달이 오연히 떠 있다더니…… . 과연 소문대로 대단하구먼."

그 말을 듣자 눈앞에 있는 자객.

흑월야황 냉무기의 얼굴에 그때까지 남아 있던 망설임이 완전히 사라졌다.

'온다.'

공손천기는 웃었다.

이건 도저히 참을 수가 없었다.

그들과 같은 수준에 다다른 초고수들 간의 승부는 많은 시간을 필요로 하지 않았다.

수를 읽는 잔재주는 무의미했고 서로가 가진 진짜를 꺼내 보여 줄 수밖에 없었다.

그렇기 때문에 단 한 순간.

그 하나의 일격에 삶과 죽음.

죽음과 삶.

그것이 결정되는 것이다.

그래서일까?

입안이 절로 바짝바짝 말라 갔다.

'이 느낌이다.'

발가락 끝에서부터 머리카락 한 올 한 올까지 생생하게 살아 움직이는 이 느낌.

몸속에 있는 뜨거운 혈액이 심장에서부터 뿜어져 나와 미친 말처럼 몸 안에서 뛰어다니는 게 느껴졌다.

공손천기는 기뻤다.

아니, 단순히 기쁜 정도가 아니라 세상이 떠나가라 할 정도로 크게 웃고 싶었다.

지금, 놈과 똑바로 마주하고 있는 바로 이 순간.

태어나 처음으로 무공을 가르쳐 준 사부에게 진심으로 감사했다.

'이런 놈을 죽이지 말라고?'

미친 소리였다.

지극히 어려운 일을 너무 쉽게 맡아 버렸다.

배후 운운했던 선우조덕의 말을 떠올리며 공손천기는 속으로 툴툴 웃었다.

죽이는 것은 쉽다.

자신을 죽이려고 달려드는 것을 살리는 것이 죽이는 것보다 몇 배는 더 힘들었다.

'하지만 그렇기 때문에 해 볼 만한 가치가 있는 거겠지.'

불가능하다고 생각하지는 않는다.

공손천기.

그는 스스로 하늘 아래 가장 강하다고 자부하고 있었기 때문이다.

거기까지 생각하고 있었을 때, 공손천기의 동공이 크게 확장되었다.

등골을 타고 얼음이 지나가는 듯한 서늘한 감각.

오싹한 감각이 전신의 세포들을 일깨우는 순간, 냉무기가 앞으로 화살처럼 쏘아져 왔다.

동시에 공손천기는 눈앞에서 천지가 둘로 쪼개어지는 환상을 보았다.

'섬(閃)이다!'

온몸의 말초신경 한 가닥 한 가닥까지 긴장하고 있었기에 공손천기의 대응은 빛처럼 빨랐다.

호흡을 멈춤과 동시에 양손을 들어 올렸다.

손바닥을 약간의 거리를 두고 서로 마주 보게 한 상태.

이제 남은 것은 전신의 내력을 두 팔에 응집시키는 일뿐이다.

우드득—

감당 못 할 내력을 한순간에 받아들이는 두 팔의 근육들이 괴이한 소리를 내며 크게 부풀어 올랐다.

두 팔이 터져 나갈 듯한 고통이 느껴졌지만 공손천기는 희열에 들떠 웃었다.

'막는다! 막는다! 막는다!'

검에 처음으로 입문하면 칼(刀)과 마찬가지로 베기를 가르친다.

그 후, 차츰 그 동작에 익숙해지면 찌르기를 익히게 되고, 그것이 나중에 궁극에 이르면 검은 단 한 줄기 선이 되어 상대방의 목숨을 끊게 된다.

하지만 지금 공손천기의 눈앞에 다가온 것은 선이 아니었다.

점.

252 수라왕

검과 완벽하게 하나가 된 인간이 단 하나의 점이 되어 그의 심장을 노리고 쏘아져 왔던 것이다.

상대와 나를 잇는 최단 거리를 찾아 꼬치처럼 꿰뚫어 버리는 단 하나의 검.

'뇌섬(雷閃)!'

일격필살(一擊必殺)의 검.

온몸의 진기를 단 한 점에 모아 폭발적으로 뿜어낸다.

이것을 막아 낸다는 것은 설령 신이라도 불가능할 것이라 냉무기는 생각했다.

하지만…….

치이이익—

무언가가 타들어 가는 소리와 함께 냉무기의 검은 공손천기의 심장 바로 한 치 앞에서 덜컥 멈춰 버렸다.

결국 목표물을 꿰뚫지 못한 것이다.

그의 눈동자가 점차 탁한 회색빛으로 물들어 갔다.

하지만 물어봐야 했다.

그랬기에 힘겹게 냉무기가 입을 열었다.

"……이 무공의 이름이 뭐지?"

냉무기의 질문에 공손천기는 순간 어색한 얼굴을 해 보였다.

대답할 말이 선뜻 떠오르지 않았기 때문이다.

억지로 멋진 이름을 생각하려던 공손천기는 결국 고개를 흔들며 말했다.

"나도 몰라. 그냥 생각나는 대로 막았을 뿐이니까."

투두둑—

공손천기가 말하는 순간 그의 양쪽 소매가 갑자기 터져 나갔다.

동시에 어깨까지 새까맣게 타들어 가기 시작했다.

냉무기는 무심한 얼굴로 그 모습을 바라보다 검을 다시 소매 안으로 집어넣었다.

허탈했다.

"졌다. 죽여라."

방금 그의 필생의 무공을 공손천기는 단지 두 팔로만 막아 내었다.

양쪽에서 밀어 누르는 공손천기의 단순한 동작에 마치 거인의 팔에 눌리는 것처럼 거대한 압력을 느꼈던 것이다.

절망적이었다.

평생 동안 이룩했던 모든 것이 한순간에 무너졌다.

게다가 전신에서 내력이 썰물처럼 빠져나가 지금은 제대로 서 있을 힘도 없었다.

조금 전의 그것은 정말 모든 것을 쥐어짠 일격이었기 때문이다.

'위험했다.'

공손천기는 애써 태연한 얼굴을 하고 있었지만 그 역시 지친 상태였다.

냉무기와 마찬가지로 그도 이번 한순간의 부딪침에 전신의 모든 힘을 쏟아 부었던 것이다.

만약 상대의 동작이 머리카락 한 올만큼 빨랐거나 동작을 취하는데 머리카락 한 올만큼의 균열이 있었다면……. 그 뒤는 생각하기도 싫었다.

공손천기는 목을 양쪽으로 움직였다.

뚜둑—

목뼈에서 나는 뼈 소리를 들으며 그는 히죽 웃었다.

"제법이었어. 사부 이후 최고로 즐거웠다."

"……."

"여기까지 나를 찾아온 건 흑월회의 의지인가?"

"아니. 나 혼자만의 생각이다."

"그래? 그건 잘됐군."

공손천기는 바위에 아무렇지도 않게 걸터앉으며 말했다.

"여기까지 왔는데 밥이나 먹고 갈래?"

"……."

냉무기는 공손천기의 말에 할 말을 잃었다.

이것이 세상에 알려지지 않은 공손천기와 냉무기의 첫 만남이었다.

第九章

초류향의 도전

　중국 설화나 민담에 대한 자료들이 자세히 정리되어 기술돼 있다는 산해경.

　그곳을 살펴보면 여러 종류의 용과 이무기에 관한 자료가 나온다.

　하지만 그렇게 방대한 내용을 담고 있는 산해경 어디에서도 붉은 뿔이 돋아 있고 검은 비늘로 뒤덮인 거대한 이무기에 관한 이야기는 등장하지 않는다.

　그것은 산해경과 쌍벽을 이룬다는 광아(廣雅)라는 책을 살펴봐도 마찬가지였다.

　붉은 뿔이 돋아난 검은 비늘의 이무기.

　그것은 아직까지 세상에 나타난 적이 없는 괴이한 존재였다.

　　　　＊　　　＊　　　＊

　'있을 수 없는 일이다.'

　초류향은 산 위에 있는 진법을 향해 걸어가면서 천천히 머릿속에 떠오르는 생각들을 정리해 보았다.

　애당초 진법은 인간이 자연의 힘을 인위적으로 비틀어 만든 공간이었다.

　신이 아니라 사람이 만든 공간이기 때문에 그곳에서는 그 어떤 생물체도 살아서 존재할 수 없다.

　그런데도 스승님은 분명 살아 있는 무언가를 보았다.

　그것이 용이든 이무기든 무언가가 존재한다는 사실 자체만으로도 대단한 발견이라 할 수 있었다.

　그런 생각들을 하며 산에 올라가자, 과연 들었던 대로 괴이한 돌비석들이 사방에 세워져 있는 묘한 장소가 눈에 들어왔다.

　초류향은 한달음에 가까이 다가가 그것들을 자세히 살펴보았다.

　그리고 그런 그를 어둠 속에서 지켜보는 눈이 있었다.

　'젠장. 젠장!'

　주상산.

　천마신교의 팔대 호법 중 한 명이자 구주십오객의 일원으로, 강호에서는 혈음마군이라는 무시무시한 별호로 불리는 사람이다.

　그런 그가 지금 두더지처럼 땅에서 머리만 빼꼼히 내민 채, 흙투성이가 된 상태로 저 멀리 떨어져 있는 초류향을 살펴보고 있었다.

　'그런데 굳이 이렇게까지 해야 하나?'

이건 교주님의 선택을 받았다고 해서 마냥 좋아할 일이 아니었다.

교주님께서 어째서인지 잘 모르겠지만 초류향 공자님의 삼백 장 근처에는 얼씬도 하지 말라고 신신당부하셨던 것이다.

당부는 거기에서 끝나는 것이 아니었다.

'삼류무사 따위나 쓰는 토둔술을 사용하라니…….'

토둔술(土遁術, 땅속을 빠르게 이동하는 수법).

주상산은 여기서 좌절했다.

토둔술을 쓰기 위해서는 필연적으로 바닥을 지렁이처럼 기어 다녀야 했기 때문이다.

그런 굴욕적인 자세 때문에 주상산은 심각하게 고민했다.

하지만 누구의 명령인가?

자존심을 돌보기 이전에 그에게 있어 교주의 명령은 절대적이었다.

게다가 다른 사람도 아니고 교의 미래라는 소공자를 보살피는 일이 아닌가?

그렇게 생각하면 그게 어떤 짓이든 부끄러워할 필요가 전혀 없었다.

'교를 위해서라면…….'

주상산은 약해지려는 마음을 그렇게 다잡으며 얼굴에 흐르는 땟국물을 대충 손으로 닦아냈다.

그리고 숨을 죽인 채 초류향을 어둠 속에서 지켜보았다.

*　　*　　*

'이건…….'

돌비석에 새겨져 있는 문양들은 낮이 익었다.

아주 오래되어 지금은 잘 쓰지 않는 산법의 수식들이었던 것이다.

그것들이 묘하게도 뒤섞여 아름다운 문양처럼 비석에 박혀 있었다.

어떻게 만들었는지는 모르지만 수식들은 은은한 빛을 내뿜고 있었다.

초류향은 침착하게 그것을 해석해 가기 시작했다.

그리고 생각보다 어렵지 않다는 것을 알게 되었다.

비록 현재에는 잘 쓰이지 않는 수식과 문양들이지만, 그 의미하는 바를 명확히 알고 있으면 해석은 그다지 어려운 일이 아니었다.

그리고 그것을 차분하게 해석해 가던 초류향은 눈을 반짝였다.

'이것은 문자다.'

누군가가.

고대의 누군가가 여기에 산법 수식으로 문자를 써 놓았던 것이다.

그와 조기천 스승님이 산법으로 대화를 나누었던 것과 매우 유사한 방식으로…….

이미 한 번 비슷한 일을 해 보았던 경험이 큰 도움이 되었다.

깨달음이 찾아오자 그다음부터는 쉬웠다.

돌비석에 새겨져 있는 수식들이 순식간에 해석되었다.

'이무기라…….'

비석에는 유독 이무기라는 말이 자주 등장했다.

용이 되지 못하여 승천하지 못한 뱀.

그것이 이무기다.

대개의 경우 진법에서 나오는 이 표현은 대단히 은유적인 것인데 이번은 아닌 모양이다.

그러한 문장들을 다 읽고 제일 마지막.

거기에 적혀 있는 하나의 문장이 초류향의 이목을 잡아끌었다.

'여의주를 가진 사람만이 들어올 수 있다고?'

초류향이 거기까지 생각했을 때.

갑자기 머릿속에서 누군가의 웃음소리가 들렸다.

제갈량.

그가 웃고 있었던 것이다.

'무슨 일이십니까?'

초류향이 물었지만 제갈량은 곧장 대답하지 않았다.

하지만 항상 시큰둥하고 다소 퉁명스러웠던 그답지 않게 진심으로 즐거워하는 듯 보였다.

[애송이, 네가 산법에 재능 있는 이유를 이제야 알게 되었다.]

산법에 재능이 있는 이유?

그게 무슨 말일까?

초류향이 의아한 얼굴을 해 보이자 제갈량이 말했다.

[답 없는 문제를 놓고 진지하게 고민하다 보니 정답이 있는 산법이 네 녀석에게 쉽게 다가오는 것이었다. 애송이, 너의 가장 큰 장점이 바로 그런 점이겠지.]

제갈량은 거기까지 말을 한 후 비석을 애잔하게 바라보며 말했다.

[사람 일이라는 것은 정말 어떻게 될지 모르는 것이구나. 그래서 이렇게 재미가 있다.]

이건 또 뜬금없이 무슨 말일까?

초류향이 이어질 설명을 기다리고 있었지만 제갈량은 더 이상 그것에 대해 언급하지 않았다.

다만 그는 비석을 뚫어지게 응시하다가 특유의 알 듯 모를 듯한 미소를 그리며 말했다.

[오래된 것이 가끔은 새것을 이길 때가 있지. 그리고 나는 그러한 것이 좋다.]

이것 역시 영문을 모를 소리였다.

초류향이 혼란스러워할 때 제갈량이 그를 바라보며 말했다.

[애송이, 너는 처음부터 이곳에 들어가야 할 운명이었던 모양이다. 그러니 답 없는 문제로 고민하지 말고 그냥 들어가라.]

그 순간 초류향은 깨달았다.

'어르신께서는 이곳에 대해 알고 계신 것이 있습니까?'

제갈량은 대답하지 않았다.

그저 섭선을 만지며 흐릿하게 웃을 뿐이었다.

초류향은 그의 태도에서 그가 무언가를 알고 있다는 확신을 받았지만 더 이상 묻지 않았다.

'어차피 안에 들어가 봐야 한다.'

제갈량.

생각해 보면 그의 말이 맞았다.

진법에 대해 고민하든 말든 이것은 지금 상황에서 정답을 찾을 수 없는 문제였다.

결론은 저 안에 들어가 봐야 확실하게 답이 나오는 것이다.

'상궁지조였던가.'

상궁지조(傷弓之鳥, 활에 놀란 새).

한 번 무언가에 놀라면 비슷한 조그마한 일에도 놀란다는 것을 뜻한다.

이곳에 오기 전에 진법 안에서 호되게 당했더니 저 안에 들어가는 것에 지나치게 조심스러워졌던 모양이다.

사실 생각해 보면 그때와 지금은 달랐다.

저 안에 무엇이 있든 이제는 두렵지 않았다.

초류향에게는 산법이라는 절대적인 무기가 있지 않은가?

천천히 호흡을 가다듬었다.

그러자 눈앞에 새로운 세상이 펼쳐졌다.

초류향은 성큼성큼 진법 안으로 걸어 들어가기 시작했다.

                    *   *   *

"왔는가?"

"예, 사형."

"먼 길 오느라 수고했네."

"사형이 부르는데 소제가 오지 않을 도리가 있겠습니까?"

"허헛, 말에 가시가 있구먼."

"그렇다면 아주 제대로 들으셨습니다."

태극검황 백무량.

그는 장난스럽게 웃고 있는 자신의 어린 사제를 물끄러미 바라보다가 피식 웃었다.

"말년에 스승님께서 왜 사제를 거두었나 했는데 이제는 그 이유를 조금 알 것 같구먼. 마지막으로 보았을 때보다 더 성장했어. 부러우이."

대략 서른 살쯤 되었을까?

백색 무복을 차려입고 새하얀 영웅건을 이마에 두른 뺀질뺀질해 보이는 사내가 시건방진 얼굴로 말했다.

"제가 본래 여러 사람이 탐내는 뛰어난 인재입니다. 저 앞에 줄 서 있는 거 보이시죠? 제가 탐나시겠지만 차분히 저 뒤에 서서 순서를 기다리세요, 사형."

당금의 무당파를 이루는 두 개의 별.

하나는 저 하늘 높은 곳에서 찬란한 빛을 뿜어내고 있는 태극검황 백무량.

다른 하나는 무당산 깊은 곳에서 아직 그 빛을 갈무리하고 있는 잠룡(潛龍).

구주십오객의 한 명이자 강호에서는 사자검군(獅子劍君)이라 불리는 이 사내.

사내의 이름은 유설빈(柳雪玭)이었다.

악을 미워하고 협의심이 넘치는 사내.

무당파 속가 제자로 백무량과는 다르게 가정을 꾸리고 아이도 네 명이나 있었다.

그의 외양은 이제 막 서른 살 초반으로 보였지만 사실은 쉰 살이 넘은 화경의 고수였다.

"한데 사형께서는 무슨 일로 소제까지 이 험한 산골에 불러들인 겁니까?"

사자검군은 바깥일에 잘 나서지 않았다.

적어도 '공식적인' 일에는 그 모습을 드러내는 일이 없었다.

그는 무당파의 숨겨진 검.

백무량 이후 무당파를 이끌어 나갈 다음 세대의 거목인 것이다.

"그러고 보니 이 동네에는 유흥가가 적군. 사제에게 공기 같은 여자들이 없는 동네라니, 내가 큰 실수를 했어. 미안하이."

유설빈은 히죽 웃으며 고개를 저었다.

"어딜 가나 여자 없는 동네는 없지요. 사형은 여자에 대해 너무 모르십니다. 여자가 있는 곳이 유흥가뿐이라고 생각하시다니……. 쯧, 아무래도 공부를 더 하셔야겠습니다."

"허헛, 사제에 비하면 그쪽 분야에서는 한낱 애송이 수준에 불과해 항상 몸 둘 바를 모르겠네. 이 어리석은 사형에게 가르침을 내려주시겠는가?"

"오늘 밤에 어떻습니까? 제가 큰 깨달음을 내려드리지요."

백무량을 향해 유설빈이 '그래, 내가 크게 한번 자비를 베풀어 준다.'라는 얼굴을 해 보였다.

그 진심이 담긴 표정을 본 백무량은 결국 너털웃음을 터트렸다.

하지만 고개를 가로저었다.

"오늘은 아무래도 곤란하겠군."

"약속이 있으신 모양입니다?"

"아니, 사제가 해 줘야 할 일이 있네. 오늘 밤부터 말이지."

여태까지 장난스러웠던 유설빈의 눈빛이 갑자기 진지해졌다.

유설빈.

그가 가끔.

아주 가끔 무당파 외부로 '비공식적인' 일 때문에 나가는 일이 있었다.

지금도 그 일 때문에 이곳에 왔다.

그런데 이번은 예전과는 조금 달랐다.

항상 사전에 무슨 일인지 알고 준비했었는데 이번에는 정말 끝까지 철저하게 비밀에 부쳤던 것이다.

"아마 마교 놈들과 관련된 일이겠죠?"

"제대로 맞혔네."

"대체 소제가 여기서 해야 할 일이 무엇입니까?"

백무량은 슬며시 웃었다.

그의 비장의 무기가 이제 준비되었으니 그걸 얼마나 잘 활용하느냐에 따라서 무당파에 막대한 이득이 생길 수도, 아니면 아무것도 건지지 못할 수도 있었던 것이다.

"이틀 뒤에 저쪽 반야평(般若平)에서 정마대전이 있을 걸세."

유설빈의 눈가에서 빛이 번뜩였다.

"정말 붙는 겁니까? 그놈들과?"

"장난하려고 모인 인원치고는 지나치게 많지 않던가?"

"사형이라면 얼마든지 지금 상황에서도 다 엎어 놓고 농담이라고 할 수도 있으니까요."

"내가 사제에게 그렇게 신용 없는 사람이었던가? 그건 좀 서운하군 그래."

백무량의 말에 유설빈은 입술 끝을 말아 올렸다.

"본 파의 이득을 위해서라면 얼마든지 그러실 수 있다는 말입니다, 사형은."

"그렇다면 그건 욕이 아니었군."

맞았다.

무당파의 이득, 무당파의 밝은 미래에 관한 일이라면 그게 어떠한 일이라도 할 수 있었다.

백무량은 턱을 쓰다듬으며 말했다.

"이번에도 본 파에 막대한 이득이 생길 수 있는 일이네. 그러니 사제가 꼭 성공해 주어야 해. 이곳에는 사제 말고 내가 믿고 일을 맡길 사람이 없구먼."

"저 유설빈입니다."

자신의 이름에 대단한 자부심이 있는 유설빈이었다.

스스로의 이름이 곧 그의 신용을 대변한다고 생각했기 때문이다.

그것을 알고 있던 백무량이었기에 선선히 고개를 끄덕였다.

"알지. 단 한 번도 실패하지 않았던 사제인 걸 내가 왜 모르겠나? 하지만 이번 일은 특별히 더 중요하게 생각해야 할 걸세. 왜냐하면 이번의 정마대전은 모두 이것 하나 때문에 판을 벌인 거라고 봐도 좋으니까."

"호오?"

유설빈은 의욕이 생긴다는 얼굴을 해 보였다.

정마대전이라는 큰 판에 끼지 못하는 게 내심 아쉬웠지만 그것보다 더 중요한 일을 맡게 되었다.

과연 그게 무엇일까?

"그럼 소제가 할 일이 무엇입니까?"

백무량은 곧장 말하지 않고 잠시 뜸을 들였다.

이것은 중요한, 그것도 아주 중요한 말을 하기 전에 그가 자주 하는 버릇이었다.

"정마대전이 벌어지게 되면 마교는 어쩔 수 없이 전 인원을 반야평에 동원하게 될 거야. 그동안 사제는 본 파의 인원들을 데리고 은밀하게 월인도법을 회수해 오게. 그게 이번에 사제가 해야 할 일이야."

월인도법의 '은밀한' 회수.

그것이 바로 이번에 유설빈에게 내려진 특수 임무였다.

"제 명예를 걸고 반드시 회수해 오겠습니다, 사형."

"믿겠네, 사제."

정마대전의 뒤에서는 이렇게 커다란 음모가 조용히 진행되고 있었다.

*　　　*　　　*

본래 용이 되지 못한 이무기는 하계에서 오래 살지 못한다.

선택받은 불사의 존재가 되지 못했기 때문이다.

과거의 '그'도 마찬가지였다.

비가 억수처럼 쏟아지던 날.

'그'는 승천을 위해 준비했던 모든 힘을 한꺼번에 쏟아부었다.

몸의 절반은 용으로 변했고, 나머지 절반은 하늘에 오르면 완전히 변하게 될 것이다.

하지만 그날 무슨 일 때문인지 하늘의 문은 열리지 않았다.

'그'는 지친 몸을 뉘어 용천(龍泉, 연못)의 바닥에 가라앉아 있었다.

조용히 죽음을 기다리는 것이다.

용도 이무기도 아닌 잡종.

천 년 도력이 깨어진 '그'는 곧 죽어 세상에서 사라져야 할 운명이었다.

그런 '그'의 앞에 나타난 것은 평소에 하찮게 여기던 인간이었다.

[……운이 좋은 놈이군.]

눈을 가늘게 떠 보자 그 모습이 보였다.

선이 얇은 인간 수컷.

장작개비 하나 들 힘이 없어 보이는, 그런 허약한 인간이었다.

하지만 '그'는 지금 힘을 잃었다.

이대로라면 저런 비리비리한 인간 놈에게도 죽어서 내단을 토해 내게 될 것이다.

용이 되지 못한 이무기의 결말은 대개의 경우 그렇게 비참했다.

인간에게 산 채로 배를 갈리고 내단을 뜯기는 것.

담담히 그 운명을 받아들이려는데 갑자기 나타난 인간은 아무 짓도 하지 않고 연못을 한동안 물끄러미 바라만 보았다.

오만한 눈길.

비록 죽어 가고 있다고는 하지만 집채보다 큰, 반쯤은 용이 되어 버린 괴물을 보고도 이 인간은 전혀 겁먹은 기색이 없었다.

오히려 흥미진진한 얼굴이었다.

"승천에 실패한 용은 처음 본다. 재미있군."

[······.]

"죽어 가는 건가?"

'그'는 고개를 들어 인간의 눈을 바라보았다.

그리고 슬쩍 웃었다.

저 인간의 눈은 어느 경계선을 돌파하여 인간이라는 생물이 가진 태생적 한계를 극복한 초인만이 가질 수 있는 눈이 아닌가?

죽기 전에 그래도 제법 좋은 것을 보고 가게 되어 기뻤다.

"살고 싶은가? 용도 이무기도 아닌 존재여."

[······시건방진 놈. 함부로 떠들지 마라, 하찮은 인간.]

"그럴 수는 없지. 나는 요새 조금 따분하거든."

'그'는 인간의 말에 대꾸하지 않고 용천 안에서 눈을 감았다.

쉬고 싶었다.

생각해 보면 그동안 너무 힘이 들었다.

승천을 하기 위해 너무 오랜 시간을 도력만 갈고닦아 왔다.

그것이 실패한 지금 아무것도 하기 싫었다.

그저 쉬고 싶을 뿐.

"너에게 생명을 주마."

'그'는 코웃음을 쳤다.

말도 안 되는 소리였다.

하계에는 너무 커다랗게 변한 이 몸을 숨길 곳이 없기 때문이다.

반쯤은 용이 되어 너무 거대해진 몸.

그것은 하계에서 감당할 수가 없었다.

서서히 육체가 붕괴되어 죽는 것이다.

"나를 만난 너는 운이 좋은 편이다."

운이 좋다고?

누굴 놀리는 건가?

놈은 '그'가 화를 내거나 말거나 손을 천천히 연못으로 뻗었다.

그게 당시 제갈량이라 불리던 인간과 용이 되지 못한 '그'의 첫 만남이었다.

*   *   *

[소원이 있는가, 인간?]

"소원?"

[그래, 소원. 네가 바라는 것 한 가지는 이루어주마.]

"용도 되지 못한 놈이 건방진 말을 하는군."

제갈량은 피식 웃었다.

하지만 그는 잘 알고 있었다.

비록 용은 되지 못했지만 이 덩치 큰 친구가 가진 능력이 무궁무진하다는 것을…….

제갈량은 의자에 한쪽 팔을 걸치고 몸을 뒤로 누이며 말했다.

"바라는 것은 모두 내 손으로 이루었다. 단지 한 가지 아쉬운 게 있다면 내가 가진 것을 후대까지 이어갈 놈이 없다는 것뿐."

그의 가르침을 이해하고 따라올 수 있는 놈이 현재에는 없었다.

제자가 없다는 것.

그것은 그의 깨달음이 그대로 사라진다는 소리였다.

[아쉽다? 그렇다면 그것이 소원인가?]

"그렇게 되는 건가? 하지만 이건 너도 어쩔 수가 없는 문제일 거다."

'그'는 거대한 몸체를 비틀며 작게 웃었다.

[인간, 나를 너무 우습게 보는구나. 네 소원은 내가 이루어 주겠다.]

"그래? 하핫. 그게 정말로 이루어진다면 나 역시 네 소원 하나를 들어 주마."

'그'의 얼굴이 한껏 신중해졌다.

[……인간들은 약속을 너무 쉽게 하는구나. 나는 인간의 약속은 믿지 않는다.]

과거에도 지금도 인간은 지키지도 못할 약속을 쉽게 내뱉는다.

"내 약속도 믿지 않나?"

'그'는 잠시 멈칫했다.

그리고 생각에 빠졌다.

잠시 후 '그'는 고개를 가로저었다.

[너는 믿는다, 인간. 너는 특별한 존재다.]

"기뻐해야 하는 건가?"

제갈량은 웃었다.

그리고 그렇게 천 년의 약속이 시작되었다.

*   *   *

[약속했다.]

그때 그것이 인간 녀석의 변덕이든, 따분함이었든 놈은 '그'를 살려 주었다.

'그'는 그때 약속했다.

그것이 '그'에게 산법이라는 묘한 것을 가르쳐 준 인간에 대한 최소한의 보은이었던 것이다.

[……온다.]

시간이 다가오고 있었다.

저 문 앞 어딘가에서 천천히 약속을 이행할 놈이 오고 있었다.

'그'는 눈을 감고 기다렸다.

조급해할 필요가 없다.

천 년 동안의 기다림이 실패하여 용이 되지 못한 것은 이 조급함 때문이 아니었던가?

같은 실수를 두 번 반복할 수 없었다.

*　　　*　　　*

'춥다.'

진법 안은 이상하게도 추웠다.

사방을 내리누르는 거대한 압력도, 길을 가로막는 일곱 개의 바위산도 초류향에게는 전혀 문제가 되지 않았다.

하지만 이 이상스러운 한기는 본래의 진법과 상관없이 그냥 이 장소

자체의 특징인 것 같았다.

'이상하다.'

괴이한 일이었다.

여기 쳐져 있는 진법은 진법이면서 진법이 아니었다.

단지 본래 존재하고 있던 공간을 살짝 비틀어 놓아 세상과 단절시켜 놓은 것일 뿐.

대부분 본연의 공간을 그 모습 그대로 유지시켜 놓고 있었던 것이다.

'왜?'

그 이유는 모르겠지만 이런 식의 진법은 굉장히 특이했고, 특이한 만큼 매우 어려운 방식이었다.

'하지만……'

초류향은 안경을 고쳐 썼다.

아무리 어려워도 그에게는 정관법이 있었다.

세상에 존재하는 모든 사물의 실체를 꿰뚫어 볼 수 있는 그것은 진법 안에서는 절대적인 힘이었다.

쉽게, 쉽게 진법을 파훼하며 걸어가던 초류향은 문득 걸음을 멈추고 고개를 들어보았다.

갑자기 눈앞에 나타난 거대한 동굴.

소요동(騷擾洞)

누군가가 음각으로 동굴 입구 위에 새겨 놓은 글자가 눈에 들어왔다.

차가운 기운은 이 동굴 안에서부터 계속 뿜어져 나오고 있었다.

'여기다.'

여기였다.

스승님에게 해코지한 것.

그것이 무엇이든 분명히 이 안에 있을 것이다.

그런 느낌이 강하게 들었다.

초류향은 확신에 찬 걸음을 옮겼다.

저 안에 무엇이 있든 간에 그냥 놔두진 않을 생각이었다.

분노와 비슷한 감정이 초류향의 마음에서 생겨나 전신 구석구석으로 퍼져 나갔다.

그 힘 덕분에 미지에 대한 두려움과 공포를 이겨 내었다.

하지만 초류향은 신중했어야 했다.

안에 있는 것은 그가 애초에 생각했던 것보다 더욱 덩치가 컸고, 분명한 실체가 있었던 것이다.

조기천은 점토 인형을 사용해 간접적으로 진법을 느꼈다.

때문에 두루뭉술하게 진법을 경험했다지만 초류향은 직접적으로 진법을 느끼고 있었다.

그래서 동굴 안에 도착하자마자 천장을 바라보았다.

위에서 무언가의 기척을 느꼈기 때문이다.

그리고 초류향은 자신도 모르게 헤, 하고 입을 벌렸다.

"……용?"

초류향은 눈이 고장 났나 싶어서 정관법을 몇 번이나 다시 되풀이해서 사용해 보았다.

하지만 눈앞에 있는 저것은 변함이 없었다.

환상이나 허상이 아니라는 소리다.

'말도 안 돼!'

저런 게 눈앞에 존재한다는 게 어디 가당키나 한 소리인가?

머릿속에 오만가지 생각들이 어지럽게 뒤섞여 초류향의 사고를 정지시켰다.

멍청하게 굳어 버린 것이다.

진법 안에서는 종종 현실과 동떨어진 일이 일어난다는 것은 알고 있었다.

그래도 이건 심했다.

살아 있는 생명체가 진법 안에 존재한다니?

이것은 말도 안 되는 일이 아닌가?

초류향이 반쯤 넋이 나가 있을 때.

'그것'이 움직였다.

슈르륵—

종유석을 감싸고 있던 몸뚱이가 부드러운 마찰음과 함께 밀려 내려가며 거대한 몸체가 아름답게 출렁였다.

머리 위에 왕관처럼 돋은 붉은 뿔과 흑요석처럼 반짝이는 비늘.

그리고 내면을 꿰뚫어 보는 듯한 두 개의 황금색 눈.

그 황금색의 커다란 눈동자에 숨길 수 없는 기쁨이 떠올랐다.

[천 년 만이다.]

용.

아니, 이무기는 흡족한 얼굴을 해 보였다.

동시에 초류향은 뒤로 주춤 물러서며 하얗게 질린 얼굴로 생각했다.

'말을 했다?'

초류향은 그동안 나름대로 여러 가지 경험을 하면서 괴이하고 특이한 일들에 적응이 되었다고 생각했다.

하지만 지금 이것은 감당이 되지 않았다.

[나는 약속을 지켰다, 인간.]

초류향은 눈앞까지 다가온 거대한 몸체에 숨이 턱 하고 막히는 것을 느꼈다.

전신에서 뿜어져 나오는 엄청난 위압감에 숨 쉬기가 힘들었기 때문이다.

계속 뒤로 주춤주춤 물러나던 초류향은 문득 무언가를 깨닫고 당황스러워할 수밖에 없었다.

'숫자가…… 보이지 않아.'

분명한 실체가 있음에도 불구하고 눈앞의 괴물은 그 수치가 보이지 않았다.

측정 불가.

이런 적은 처음이었기에 크게 혼란스러웠다.

그런 초류향을 지그시 바라보던 이무기가 말했다.

[이번에는 네가 약속을 지킬 차례다, 인간.]

이무기가 말을 마치자마자 그의 턱밑에 있던 비늘 하나가 갑자기 붉은빛을 뿜어내기 시작했다.

웅웅웅—

웅장한 소리를 내며 동굴 전체를 떨어 울리는 그것을 초류향이 멍하니 바라보고 있었다.

두근——

'뭐지?'

초류향이 자신의 심장 어름을 손으로 꽉 눌렀다.

갑자기 심장이 미친 말처럼 뛰기 시작했던 것이다.

그때 머릿속에 있던 노인.

제갈량이 작게 중얼거렸다.

[미련한 건 여전하군. 정말로 천 년이나 약속을 지키고 있었다니…….]

당시에는 따분함 때문에 한 약속이었다.

아니, 조금 더 정확하게 말하자면 무료함이라고 해야 할까?

죽어 가던 놈을 살려 주고 별 필요도 없는 쓸데없는 약속을 해 버렸다.

그것이 천 년이 지나 이렇게 뚜렷한 실체를 가지고 눈앞에 나타난 것이다.

어이가 없었지만 한편으로는 가볍게 했던 약속을 우직하게 천 년 동안 지키고 있던 이놈이 대단하다는 생각이 들기도 했다.

'인간은 약속을 쉽게 잊는다고 했던가?'

맞는 말이었다.

제갈량은 인정했다.

사람은 약속을 쉽게 하고, 또 쉽게 잊는다.

변명의 여지가 없었다.

제갈량은 그답지 않게 실같이 가는 부드러운 웃음을 입가에 그렸다.

바깥의 돌비석을 보는 순간 예상은 했었다.

하지만 이 안에 있는 녀석이 정말 그 녀석이었을 줄이야.

그때 초류향이 머릿속으로 질문을 해 왔다.

'저 괴물에 대해서 알고 계십니까?'

물론 잘 알고 있었다.

하지만 제갈량은 입을 열어 대답하지 않았다.

말해 봐야 별로 달라질 것이 없다고 여긴 것이다.

하지만 초류향은 바보가 아니다.

단번에 제갈량이 이 괴물과 인연이 있다는 것을 알았다.

초류향이 막 그것에 대해 물어보려는데 제갈량이 더 빨랐다.

[애송이, 너는 나 대신 이놈에게 약속을 지킬 의무가 있다.]

무슨 약속?

초류향이 의구심을 품기 무섭게 제갈량이 입을 열었다.

[눈앞에 저놈의 비늘이 보이느냐?]

붉은색으로 뜨겁게 달궈진 비늘.

특이하게도 다른 곳과는 반대 방향으로 나 있는 비늘이었다.

그것을 마주하는 순간 초류향은 귓가에 울리는 고동소리를 들었다.

두근— 두근—

'어?'

초류향은 스스로의 심장 부근을 더더욱 꽉 움켜쥐었다.

갑자기 그 부분이 타는 것처럼 아파 왔기 때문이다.

제갈량은 그것을 아는지 모르는지 계속 말을 이었다.

[저것이 역린(逆鱗, 거꾸로 나 있는 비늘)이다. 이무기가 용이 되기 위해 가장 귀중한 재료지.]

용이 되기 위한 귀중한 재료라고?

제갈량은 고개를 끄덕였다.

[흔히들 여의주(如意珠)라 부르는 것의 재료다.]

두근— 두근—

심장 소리가 점차 커지기 시작했다.

그러다 마침내 초류향의 귓가에 심장 소리 외에는 아무것도 들리지 않게 되었을 무렵.

제갈량이 초류향의 눈을 통해 이무기를 똑바로 바라보며 말했다.

[과거에 이름도 없던 너에게 이름을 주었다. 죽어 가던 너에게 생명도 주었지. 그리고 이제 너에게 승천할 수 있는 마지막 기회를 주겠구나.]

흑색 비늘의 이무기.

타락한 용이자 승천하지 못한 이무기는 초류향의 시선 속에서 오래전에 그와 약속했던 오만한 인간의 흔적을 보았다.

인간이면서도 그 누구에게도 고개 숙이지 않았던, 꼿꼿하고 특이했던 인간.

하지만 그 괴상했던 녀석 덕분에 용이 될 수 있는 마지막 기회를 잡을 수 있었다.

[오랜만이구나.]

제갈량은 이무기의 말에 슬며시 웃었다.

오래전 하찮은 미물이라 생각했던 것은 아무래도 수정해야겠다.

자신이 가르쳤던 산법을 그 누구보다도 잘 받아들였던 모양이다.

지금까지 살아 있는 것도 그러했고, 이러한 모습이 된 자신을 알아보는 것도 그러했다.

제법이었다.

제갈량은 섭선 끝을 매만지며 대답했다.

[오랜만이다, 천노.]

천노(天怒:하늘의 분노).

그가 지어준 이름이다.

이무기는 제갈량을 바라보며 말했다.

[나는 너와의 약속을 지켰다.]

제갈량조차도 잊어버리고 있었던 아주 오래된 약속.

[여전히 고지식한 놈이다.]

오래전, 제갈량에게는 산법으로 대화를 나눌 수 있는 존재가 둘 있었다.

하나는 눈앞에 있는 이무기.

다른 하나는 오랜 지인인 봉추 방통.

이들이 세상에서 유일하게 산법으로 대화를 나눌 수 있었던 벗이었다.

[그 아이와 너를 만나게 하기 위해 나는 천 년을 기다렸다.]

아주 조금씩.

미세하게…….

둘을 만나게 하기 위해 이무기는 스스로의 도력을 사용했던 것이다.

[이제 내 소원을 들어다오.]

이무기의 소원.

그것은 너무나 분명했다.

그리고 초류향은 그것을 이루어 줄 힘이 있었다.

*   *   *

수 세기에 걸쳐서 강산은 변해도, 무림에서는 결코 변하지 않는 절대적인 관계가 있었다.

빛과 어둠.

흑과 백.

서로가 철저하게 대립하는 관계.

그것이 바로 정파와 천마신교 간의 관계였다.

"이번에는 정말 어쩔 수가 없구먼."

공손천기는 한숨을 내쉬었다.

정말 싸움을 피하고 싶었다.

그러기 위해 고민도 많이 했고 노력도 많이 했다.

가급적 쓸데없는 피를 흘리고 싶지 않았기 때문이다.

"젠장."

출정식을 앞두고 단상에 올라가기 직전까지 공손천기는 망설였다.

이곳 감숙 분타를 벗어나면 느린 걸음으로도 반나절 거리에 있는 곳이 바로 반야평이다.

대다수의 인원이 집결해서 싸울 곳은 근방에서 그곳뿐이었다.

그러니 딱히 약속한 게 아님에도 불구하고, 정도맹도 천마신교도 당연하게 그곳을 결전의 장소로 삼을 수밖에 없었다.

그리고 일단 그곳에 들어서게 되면 양쪽 모두 뒤로 물러설 수 없는 한판 승부를 벌여야만 했다.

뿌득—

공손천기는 자신도 모르게 주먹을 움켜쥐었다.

이제 그로서도 전력을 다해야 하는 상황인 것이다.

일파의 수장인 그가 결전 직전까지 이렇게 머뭇거린다면 그것은 분명 감당 못 할 피해가 되어 돌아올 것이 너무도 뻔했으니까.

천천히 심호흡을 하며 단상 위로 걸어 올라간 공손천기는 자신만을 보고 있는 오천 명의 무인들을 한 번 스윽 훑어보았다.

그리고 본인도 모르게 흐릿하게 웃어 버렸다.

공손천기를 뚫어져라 바라보는 무인들의 시선 속에는 너무도 분명한 한 가지 감정이 묻어 나오고 있었기 때문이다.

'너희들 그렇게 싸우고 싶었더냐?'

뜨겁게 끓어오르는 피.

미칠 듯이 박동하는 젊은 심장 소리가 귓가로 전해져 왔다.

그동안 애써 외면해 왔던 무인들 특유의 투쟁심.

그것이 지금 활화산처럼 뿜어져 나오고 있었던 것이다.

'빌어먹을.'

실수였다.

저 후끈한 열기를 정면으로 마주해 버렸다.

덕분에 지금 공손천기의 머릿속에서는, 싸움을 막을 명분도 막을 생각도 완전히 사라져 버렸다.

그 역시 천생 무인이었던 것이다.

"……그러고 보니 너무 오래 참긴 했지."

공손천기가 작게 입을 열자 장내는 바늘 떨어지는 소리도 들릴 만큼 조용해졌다.

그 고요함 속에서 단상 위에 선 공손천기는 천천히 무릎을 굽혔다.

자신만을 바라보는 이 순수한 오천 명의 무인들과 눈높이를 맞추기 위함이었다.

"내가 그동안 이기심만으로 고집을 부렸던 모양이다. 너희들을 진짜로 위하는 게 뭔지도 모르고 말이다."

확실히 이 세계에서는 싸우지 않고 무언가를 얻을 수 없었다.

이곳은 강호.

세상에서 가장 원초적인, 철저한 약육강식의 세계인 것이다.

공손천기는 그 사실을 떠올리고 히죽 웃었다.

약육강식의 세계에서는 강한 놈이 곧 정의였다.

그리고 이제 아무래도 그 정의를 새롭게 세워야 할 때가 온 것 같았다.

그들은 그동안 너무 참아 왔다.

"저놈들이 우리 집 앞마당까지 와서 설치고 있는데 그냥 넘어갈 수는 없겠지. 다들 싸울 준비는 되었느냐?"

공손천기의 질문에 오천 명이 한목소리로 대답했다.

"명(命)!"

우레와 같은 소리가 장내에 쩌렁쩌렁하게 울리자 공손천기의 입가에 실낱같은 미소가 떠올랐다.

이 녀석들의 박력과 마주하자 마음속에 한 가닥 남아 있던 망설임마저 사라졌던 것이다.

망설임이 사라진 공손천기의 전신에서 갑자기 숨길 수 없는 거대한 위압감이 흘러나왔다.

그것은 천천히 장내를 휘감더니 곧 거대한 폭풍처럼 휘몰아쳤다.

"좋아. 그럼 이제 정파의 위선자들에게 진짜 공포가 무엇인지 가르쳐 주도록 하자."

공손천기가 말을 마치고 손을 흔들자 오천 명의 무인들이 양옆으로 갈라지며 중앙에 길이 생겨났다.

그 길을 공손천기가 성큼성큼 걸었다.

그러자 그 뒤로 우 호법이 그림자처럼 따라붙었다.

길을 따라 연무장을 벗어난 공손천기의 뒤로 오천 명의 무인들이 거대한 검은 태풍이 되어 따라갔다.

망설임이 사라진 공손천기.

지금 그의 앞을 가로막는 것은 무엇이 됐든, 처절하게 깨부숴 나갈 것이다.

그리고 그것은 정도맹에게 있어서 매우 불행한 일이었다.

*   *   *

"아미타불······."

염주 알을 굴리고 있던 검버섯 가득한 손.

그 손이 갑자기 멈칫하며 가늘게 떨리기 시작했다.

"무슨 일이 있으십니까? 스승님?"

소림사.

이 결전의 장소에는 그들도 와 있었다.

삼황오제칠군.

구주십오객 중 불제(佛帝).

신승(神僧) 공야(空夜).

그는 지금 어두운 얼굴로 정면을 바라보고 있었다.

"······결국 싸움이 벌어지겠구나."

대기 전체를 뒤덮고 있는 이 진득한 살기(殺氣).

그것이 지금 피부를 따끔거리게 할 만큼 천지사방에 가득했다.

바야흐로 무림 역사에 길이 남을 결전이 시작되려 하는 것이다.

"여기 모두가 이미 싸움을 각오하고 있지요."

공야는 고개를 끄덕이며 침중한 목소리로 아미타불을 연발하다가 불쑥 입을 열었다.

"무호야."

"예, 스승님."

"만약의 경우 본사의 제자들을 데리고 빠져나가 줄 수 있겠느냐?"

무호는 잠깐 멈칫하다가 조심스럽게 입을 열었다.

"어떤 만약의 경우를 말씀하시는 것이온지······."

공야는 자신의 짓무른 눈을 들어 그가 마지막으로 거둔, 막내 제자를 바라보았다.

총명함이 대단하고, 불심 또한 바다처럼 깊은 아이였다.

저 아이의 그릇에는 소림사 전체를 담아도 모자랄, 그런 재능이 있었다.

그랬기에 이런 곳에서 헛되이 죽게 할 수는 없었다.

"때가 되면 자연히 알게 될 것이다."

무호는 이해가 되지 않았지만 일단 한 걸음 물러섰다.

지금 중요한 것은 그것이 아니었기 때문이다.

'온다.'

저 멀리, 아주 먼 곳에서부터 거대한 검은 물결이 다가오고 있었다.

'마교……'

무호는 그 모습을 보고 자신도 모르게 주먹을 꽉 움켜쥐었다.

마교.

강호인들에게는 단순히 그 단어를 떠올리는 것만으로도 불길하고, 가슴속에 알 수 없는 두려움을 심어 주는 이름이었다.

'겁먹지 말자.'

저쪽보다 이쪽의 숫자가 압도적으로 많았다.

게다가 모두가 각파에서 고르고 고른 정예들이 아닌가?

각자의 속마음이야 어떨지 몰라도 어찌 되었건 그들은 한마음 한뜻으로 마교를 처단하기 위해 이곳에 모인 것이다.

게다가 이곳에는 천하제일이라 불리는 태극검황이 있었고 소림의 희망.

신승 공야 스승님께서 함께하고 있지 않은가?

절대적으로 이쪽의 전력이 유리했다.

마교라는 이름에 지레 겁먹고 두려워할 이유가 전혀 없었다.

하지만 이상하게도 가슴 한편에 두려움이 생겨나는 것은 왜일까?

'과하다.'

무호는 고개를 저었다.

그리고 크게 심호흡을 하며 정면을 응시했다.

그러자 또렷하게 보였다.

흑색의 무복을 차려입은, 오천 명의 무인들이.

그 검은 파도가 천천히 다가올수록 다시금 심장을 죄어드는 답답함에 숨이 막혀 올 정도였다.

그때 무호의 눈에 누군가의 모습이 보였다.

검은 파도.

그 한가운데의 정점에 서 있는 자.

저렇게 멀리 떨어져 있는데도 사방으로 줄기줄기 뿜어져 나오는 숨길 수 없는 강대한 존재감.

'설마……'

무호의 전신이 가늘게 떨렸다.

그것은 무호뿐만이 아니었다.

주변에 있던 모든 무인들이 전신을 부르르 떨었다.

정면에 서 있는 단 한 사람 때문에.

그 사람의 전신에서 흘러나오는 숨길 수 없는 막강한 힘.

그것은 자연스럽게 누군가의 이름을 떠오르게 만들었다.

'암흑마황 공손천기!'

무호는 자신도 모르게 속으로 비명을 지르며 제자리에서 뒤로 한 걸음 물러섰다.

어쩌면 이곳에 암흑마황 공손천기가 있을지도 모른다는 정보가 있긴 했었다.

철저한 어둠에 싸여 단 한 번도 그 실체를 외부에 보여 준 적이 없는 신비의 절대 고수.

전부 과대 포장이라 생각했다.

사실이라고 믿기에는 그를 향한 강호의 수식어들이 너무도 화려했기 때문이다.

하지만 실제 눈앞에 보이는 공손천기는 오히려 여태껏 강호에 떠돌던 소문들이 부족한 존재였다.

무호의 얼굴이 점차 새하얗게 질리기 시작했다.

'말도 안 돼!'

이건 도저히 감당이 되지 않을 정도의 압도적인 기세였다.

어떻게 인간이 이 정도까지 강해질 수 있단 말인가?

"교주가 보이느냐?"

"……예, 스승님."

무호가 덜덜 떨며 이야기하자 공야가 그 앞을 살짝 가로막으며 말했다.

"아직은 네 적이 아니다. 그러니 두려워할 필요가 없다."

공야 스승님이 앞을 가로막아 주고 나서야 무호는 가까스로 호흡을 고를 수 있었다.

한순간 저 멀리 떨어져 있던 공손천기의 신형이 태산처럼 거대하게 보였기 때문이다.

정신이 아득해지는 기분.

그때.

정도맹 측 진영에서도 누군가가 앞으로 걸어 나갔다.

동시에 정면에서 압박해 오던 압력이 조금씩 옅어지기 시작했다.

"태극검황!"

누군가가 소리치자 모두의 시선이 집중되었다.

그랬다.

저쪽에 암흑마황이 있다면 이쪽에는 태극검황이 있었다.

만면에 미소를 지으며 앞으로 걸어 나가는 태극검황.

그를 바라보는 정도맹의 인원들의 머릿속에는 어떤 기대감이 부풀어 올랐다.

'설마? 설마?'

꿈속에서나, 혹은 이야기 속에서나 가능했던 일.

삼황 중의 두 명.

태극검황과 암흑마황.

천하제일이라 불리는 둘의 싸움을 실제로 볼 기회가 생긴 것이다.

'태양은 하나.'

모두의 머릿속에 같은 생각이 떠올랐을 즈음.

멀리 있던 검은 물결이 어느새 지척까지 다가왔다.

무림인들의 안력(眼力)이라면 이제 서로 간의 얼굴을 하나하나 확인할 수 있을 정도로 가까워졌을 무렵.

가장 앞에 서 있던, 암흑마황으로 짐작되는 자가 한 손을 들어 올렸다.

쿵―!

천마신교의 무인들이 한 발로 바닥을 크게 구르며 제자리에 멈춰 섰다.

일순 지진이라도 난 듯 지면이 짧게 요동쳤다.

동시에 찾아온 숨 막히는 고요.

그동안 말로만 들었던 마교의 무인들과 마주하고 있는 정도맹의 정예들은 마른침을 삼키며 각자의 무기들을 매만지고 있었다.

태극검황은 가타부타 별다른 지시 없이 천천히 앞으로 걸어 나갔다.

무인들의 싸움에서는 기세가 상당히 중요했다.

지금 같은 상황.

서로 상대방의 수장을 꺾는다면 그 기세는 말로 설명할 수 없을 만큼 크게 오르게 될 것이다.

그리고 그것은 곧 완벽한 승리로 귀결될 게 분명했다.

마교 쪽을 향해 한 걸음 한 걸음 걸어가는 태극검황의 전신에서는 이미 숨길 수 없는 막강한 기운이 스멀스멀 뿜어져 나오기 시작했다.

그것은 곧 거대한 구름처럼 일어나 반야평 전체를 아우르기 시작했다.

'난 태어나 단 한 번도 져 본 적이 없다.'

무당파에 입문하여 검을 배우고 단 한 번도 꺾여 본 적이 없었다.

천하제일검, 천하제일인.

그것은 그를 위해 존재하는 단어라고 생각했다.

천하의 누구도 그의 일검을 받아 낼 수 없었으니까.

한데 그런 그와 늘 비견되던 두 사람이 존재했었다.

그들 중 하나가 지금 눈앞에 있었다.

'드디어……'

삼황의 하나를 만나게 되었다.

이것은 실로 말로는 표현하기 어려울 정도로 흥분되는 일이었다.

얼마나 학수고대해 왔던가?

'아쉽군.'

단 한 가지.

태극검황을 아쉽게 하는 것이 있었다.

그것은 육체가 이미 전성기 때만큼 움직여 주지 못할 것 같다는 점.

사람은 누구나 시간이 지나면 나이를 먹는다.

나이를 먹을수록 육체는 빠르게 시들어 간다.

강철처럼 강하게 단련했던 육체도 어느 한계점을 지나면 결국 무너져 가고 마는 것이다.

암흑마황 공손천기를 마주하고 있는 지금, 태극검황은 그 점이 못내 아쉬웠다.

강자를 만나 죽는 것은 조금도 두렵지 않았다.

단지 그에게 최선의 무언가를 보여 주지 못하는 것이 두려울 뿐이다.

"고수는 상대방의 그림자만 보고도 그 역량을 정확하게 파악하곤 하지."

태극검황의 작은 중얼거림.

그것은 조금 떨어져 있던 공손천기의 귓가에 천둥처럼 크게 들려왔다.

"자네는 어떠한가? 나와 마주하고 있는 지금 승리가 눈에 보이는가?"

암흑마황 공손천기.

그 역시 태극검황을 향해 걸음을 천천히 옮겼다.

그러다 그 특유의 귀찮음이 가득한 얼굴로 귀를 후비며 말했다.

"겉멋만 잔뜩 든 영감한테는 지지 않아. 그쪽한테 지면 무덤에서부터 뛰쳐나올 영감이 있거든."

아주 오래전.

공손천기는 죽은 사부가 신신당부한 것을 떠올리며 슬쩍 웃었다.

> "무당파의 검에는 귀(鬼)가 붙어 있으니 조심하고 또 조심해야
> 한다."

오만방자하고 자기 잘난 맛에 살기로 유명한 사부였다.

그런 사부의 입에서 조심하라는 말을 무려 두 번이나 들었다.

확실히 무언가가 있긴 있는 모양이다.

하지만…….

우드득—

공손천기는 뒷골목 주먹패들처럼 손가락 관절들을 거칠게 풀어냈다.

과연 태극검황 백무량은 그 명성만큼이나 대단한 기도를 자랑했다.

보통 사람이라면 그와 정면으로 마주하는 것만으로도 기가 질려서

무릎 꿇고 말 정도였으니까.

　하지만 불행히도 공손천기는 보통 사람이 아니었다.

　"날 만나게 된 게 그쪽에겐 불행이겠지. 난 이제 진심으로 할 거거든. 안 봐줄 거니까 각오해."

　공손천기는 말을 한 후 어금니가 드러날 정도로 하얗게 웃었다.

　그리고 그 웃음이 제1차 정마대전의 시작을 알리는 서막이 되었다.

〈다음 권에 계속〉

외전
공손천기의 이야기 −1

"왜 교주가 되기 싫다는 거냐?"

"귀찮고 번거롭잖아요. 그런 거."

"야, 이 미친놈아! 그럴 거면 너 대체 내 제자는 왜 된다고 했어?"

어린 공손천기는 배시시 웃으며 대답했다.

"그거야 사부가 좋으니까요."

"……."

공손천기의 스승.

지옥마제 방문천은 잠시 어처구니없다는 얼굴로 그의 제자를 바라보았다.

너무도 천진난만한 대답과 미소에 그만 말문이 막혀 버린 것이다.

그가 잠시 멍하게 굳어 있을 때 어린 공손천기는 몸을 배배 꼬며 스승을 올려다보았다.

"근데 사부, 저번에 보여 줬던 거 있잖아요. 두 손에서 불덩이가 막 나오는 무공. 그거 다시 한 번만 보여 주면 안 돼요?"

"구양신공(九陽神功)말이냐? 그걸 갑자기 왜?"

"가만히 생각해 보니까 그거 고기 익혀 먹을 때 편할 것 같아서요. 사부가 맨날 고기를 덜 익은 것만 드시니까 저 많이 힘들었거든요."

지옥마제는 고개를 갸우뚱하며 늦게 거둔 그의 어린 제자를 지그시 바라보았다.

그러다 물었다.

"내가 멍청해서 그런가? 고기 익혀 먹는 거랑 구양신공이랑 대체 무슨 상관이 있는 거냐? 아무리 생각해도 네놈이 무슨 소리를 하는 건지 도통 모르겠다."

지옥마제는 어느새 본래의 목적을 망각하고 그의 어린 제자를 궁금하다는 얼굴로 바라보았다.

그 시선을 받은 공손천기가 큰 눈을 깜빡이며 대답했다.

"그거 배워서 고기나 익혀 먹으려고요. 불이 없을 때 딱 좋을 것 같던데요? 뜨끈하기도 하고."

지옥마제의 얼굴이 팍 일그러졌다.

"……네놈은 구양신공이 어떤 무공인 줄 알고 그딴 데다가 써먹을 생각을 하고 있는 거냐? 그걸 배우는 데 시간이 얼마나 걸리는 줄이나 알아? 자그마치 십 년이다, 십 년. 나 같은 천재도 사 년 만에 겨우겨우 배운 거야."

공손천기는 고개를 갸웃거리며 대답했다.

"무공 하나 배우는 데 뭐가 그렇게 오래 걸려요? 별로 어려워 보이지도 않던데."

지옥마제가 제자의 발언에 욱해서 뭐라 하기도 전에 공손천기가 먼저 입을 열었다.

"일단 한번 보여 줘 봐요. 처음 요령만 배우면 금방 할 수 있을 것 같아요, 사부."

공손천기의 태연한 어투.

잠시 동안 그런 제자를 바라보던 지옥마제의 입술 끝이 작게 씰룩거렸다.

천마신교의 십대 신공 중의 하나가 바로 구양신공이다.

그것을 고작 두 번 봤다고 익힐 수 있을까?

절로 고개가 저어졌다.

"네놈 재주가 비상하다는 건 인정한다만 그래도 이건 말이 안 되지. 암, 그렇지. 그 구양신공이 얼마나 높은 경지의 무공인데……."

"그래서 안 보여 주실 거예요, 사부?"

"……."

제자가 실망했다는 표정을 하자 지옥마제는 너무도 쉽게 그 작전에 넘어갔다.

지옥마제는 두 소매를 걷어붙이고 자리에서 일어나 공손천기 앞에 선 후 손을 천천히 들어 올렸다.

크오오오—

바람이 타들어 가는 거친 비명 소리.

동시에 주위에 가득한 한겨울의 차가운 공기가 후끈하게 달궈졌다.

이윽고 그 열기가 정점에 이른 순간.

어느새 지옥마제의 손 위에는 수박보다 더 큰 불덩어리가 이글거리며 타오르고 있었다.

공손천기는 그 모습을 단 한순간도 놓치지 않고 처음부터 끝까지 뚫어져라 바라보았다.

그리고 눈살을 찌푸렸다.

"……제가 생각했던 것보다 많이 복잡하네요."

"크하하핫! 그거야 당연한 것 아니더냐? 본 교의 양강무공 중 최고가 바로 이 구양신공이거늘……. 그래도 너무 기죽지 마라. 네놈 정도의 재능이면 부단히 노력했을 때 대략 삼사 년 정도면 충분히 배울 수 있을 테니."

"……."

공손천기가 사부의 말에 곧장 대답하지 않고 무언가를 심각하게 고민했다.

깊은 생각에 잠긴 제자를 바라보는 지옥마제의 입가에 차츰 흡족한 미소가 떠올랐다.

항상 어린 제자가 자신을 들었다 놨다 하는 것이 마음에 들지 않던 참이었다.

가끔씩 '어린 아이 껍데기를 뒤집어쓰고 있는 늙은 영감탱이가 아닐까?' 라는 의심이 들 정도로 영악한 녀석이 아니던가?

그 건방진 꼬마가 지금 무언가를 심각하게 고민하고 있었다.

'이렇게 차차 하나씩 버릇을 들이는 거다.'

지옥마제가 속으로 그렇게 생각하고 있을 때쯤.

공손천기가 갑자기 작게 무어라 중얼거리며 양손을 앞으로 가볍게 내밀었다.

스우웅—

공손천기의 고사리처럼 작은 두 손이 붉게 달아오르며 손 주변의 공기가 봄날의 아지랑이처럼 작게 일그러졌다.

"어라? 이게 아닌가?"

공손천기가 고개를 갸웃거리며 다시 한 번 손을 내뻗었다가 거둬들일 때.

그 모습을 지켜보고 있던 지옥마제는 당장이라도 안구가 튀어 나올 정도로 눈을 크게 뜨고 있었다.

'저, 저저⋯⋯.'

비록 제대로 된 형태는 갖추지 못했지만 방금 그것은 분명히 구양신공이었다.

그것도 어설프게 겉모양만 흉내 내는 것이 아니라 제대로 핵심을 짚어 낸 구양신공이었던 것이다.

어디 이게 말이 되는 일인가?

단 한 번.

아니, 그 전에도 스치듯이 한 번 보았을 테니 총 두 번 정도 보았을 뿐이다.

그런데도 그 핵심을 정확하게 이해하고 있다는 말인가?

말도 안 되는 소리였다.

하도 어이없는 광경에 지옥마제가 잠시 멍청한 얼굴로 서 있을 때.

공손천기가 울상을 한 채 먼저 입을 열었다.

"대체 왜 안 되는 거죠, 사부? 이 정도면 다 된 것 같은데……."

"……."

이번에는 지옥마제가 입을 열지 못했다.

그는 진지하게 지금의 상황을 정리해 보려 했다.

그리고 결론이 나왔다.

'이 어린 녀석은 미친놈이지만 적어도 무공에 있어서만큼은 천재 중의 천재다.'

이때 지옥마제는 진지하게 생각했다.

어쩌면 천하통일을 이룰 수 있는 사람은 본인이 아니고, 후대의 공손천기일지도 모르겠다고.

그리고 이때 지옥마제가 했던 그 생각이 하나씩 들어맞아 가기 시작한 것은 수십 년이 지나 공손천기가 제자를 들였을 무렵부터였다.

설정집 2

천마신교의 정보

1. 천마신교 내부 조직

1) 팔대 호법

우규호 — 혈랑대를 관리한다.

주상산 — 염라대를 관리한다.

선우조덕 — 약제당을 관리한다.

전박 — 내총관과 외총관의 자금 관리를 비롯한 천마신교의 전반적인 경제 문제를 총괄한다.

옥관호 — 천마신교의 모든 정보를 총괄하며, 교주와 공동으로 비마대를 관리한다.

천중패 ─ 풍마대를 관리한다.
진천악 ─ 신마대를 관리한다.
여불휘 ─ 흑풍대를 관리한다.

2) 관리부

강창(내부의 일을 총관리 감독하는 내총관) ─ 풍마대, 신마대, 약제당, 수호멸천대를 통합 관리하며 교내의 경제적인 측면을 통괄하는 만금전장을 통괄한다. 내총관 직속 정보 조직인 '천리안'을 운영하고 있다.

우길(외부의 일을 총관리 감독하는 외총관) ─ 염라대, 흑풍대, 만악궁을 통합 관리하며 교외에서 들어오는 모든 경제적인 물건들을 총괄 감독한다. (서역에서 들어오는 화승총이나 후추, 동방에서 나는 비단과 도자기, 약제 등) 외총관 직속 정보 조직인 '천이통'을 운영하고 있다.

3) 정보부

비마대 ─ 강호의 소문에 대한 진위 여부를 가리고 필요에 따라서는 조작하거나 부풀려서 퍼트린다. 천마신교의 향후 계획에 막대한 영향을 끼칠 수 있는 광범위한 정보를 수집, 정리한다.

집법당 ─ 주로 외부의 정보를 다루는 비마대와는 달리, 천마신교

내부의 정보를 통합 관리하고 교내의 질서를 유지한다.

4) 의료 기관

약제당 — 마의 선우조덕이 이끌고 있다. 천마신교의 모든 의료 행위를 통괄하고 책임지며, 최고의 의료 시설을 갖추었다.

5) 무력 단체

마라천풍대 — 마라천풍대주 임학겸이 책임자로 있다. 인원은 백여 명 정도로 소수지만 모두가 절정의 고수인 교주 직속 친위대다. 천마신교의 위기 시에만 만들어지는 호교원을 제외한다면 모든 무력 단체들 중 단연 '최강'의 힘을 지니고 있다.

이화궁 — 이화궁주 백소천이 책임자로 있다. 천마신교 내부에 있는 여성 무인들을 위해 존재하는 무력 단체로, 다른 무력 단체들과 차별을 두기 위해 여성 무인들만 따로 모아서 만들었다. 소속된 인원은 대략 팔천 명에서 일만 명 남짓이나, 나이가 들어 은퇴한 여성 무인들과 너무 어려서 무력에 보탬이 안 되는 인원이 있기 때문에 실질적인 가용 병력은 삼천오백 명에서 오천 명 정도이다.

혈랑대 — 소속 인원들 대다수가 일류 고수거나 절정 고수인, 천마신교에서 실질적으로 가용할 수 있는 '최강'의 무력 단체다. 인원은 대략 오백여 명 정도이며, 교주 직속의 마라천풍대와 유일하게 맞먹을 수 있는 전력을 자랑한다.

풍마대, 염라대 — 각각 총인원 사천 명에서 오천 명 정도의 무력 단체로, 천마신교가 무력이 필요한 일을 처리할 때 주로 동원된다. 소속 인원 대다수가 일류 고수거나 이류 고수 중에서도 최상급의 고수들로 구성되어 있다.

흑풍대, 신마대 — 각각 총인원 구천 명에서 만 명 정도의 무력 단체로, 천마신교에 속한 무력 단체들 중 가장 활발하게 활동하며 인원이 가장 많다. 실질적인 일들을 대부분 흑풍대와 신마대가 처리하므로 쉽게 말해서 천마신교의 손과 발이라고 생각하면 된다. 소속 인원들 대다수가 이류 무인들이나, 조장급은 일류나 절정 수준의 고수들이다.

만악궁 — 천마신교에 잘못이 있거나 죄를 짓고 도망친 자들을 척살하는 일을 한다. 무인들을 양성하고 교육시키는 일도 하고 있다. 정확한 인원수는 알려져 있지 않고 소속 무인들 대다수가 살수 출신이다.

수호멸천대 — 천마신교의 고위직 고수들 및 교주의 활동 반경 중 중요한 거점들을 지키는 무력 단체다. 대다수가 전문 살수들이고 소속 인원은 정확하지 않다.

호교원 — 호교원주 장각이 맡고 있다. 호법들 및 은퇴한 장로들의 일정을 관리 감독한다. 사실 말만 관리 감독이지, 전대의 거마들 뒤치다꺼리하고 평상시 그들의 생활을 돌봐 주는 게 주된 임무다. 유사시에 최고, 최강의 전력을 자랑하게 된다.

2. 천마신교의 사대 세가 (단리, 용, 천, 선우)

1) 단리(段里)

가주 이름 : 단리무한

가문의 성향 : 현재 교주인 공손천기를 경외하지만 권력에 대한 욕심이 대단해서 은밀하게 공작을 편다. 필요에 따라서는 얼마든지 주변을 이용해서 권좌를 노리려는 생각이 가득하다.

무공은 도를 쓰며 혈화도륙도라는 희대의 도법이 주무공이다.

단리무한의 손자들 중 무공이 뛰어난 단리명이 후계자로 지목되고 있다.

2) 용(龍)

가주 이름 : 용무화

가문의 성향 : 현재 교주인 공손천기를 두려워한다. 과거 공손천기

에게 도전했다가 패하면서 그가 가진 능력과 힘을 절실히 겪어 보았기에, 그의 눈 밖에 나는 것을 꺼린다. 하나 단리세가와 마찬가지로 권력에 대한 욕심이 강하다.

무공은 권과 장을 쓰며 구류마장이라는 희대의 장법을 다룬다.

가문의 후계자는 용태균이지만 다른 가문의 후계자들 중 그 소질이 가장 떨어지는 것으로 알려져 있다.

3) 천(天)

가주 이름 : 천태악

가문의 성향 : 교주를 두려워하지만 그렇다고 그에게 도전하기를 멈추지는 않는다. 천태악은 과거 공손천기에게 도전해서 패했으나 그 싸움에서 얻은 것이 많았다고 생각하고 있다. 기회주의자이며 두뇌 회전이 빠른 천태악은 언제든지 기회가 된다면 싸움에 나서서 권력을 쟁취하려고 한다. 팔대 호법 중의 한 명인 천중패가 속한 가문이다.

무공은 검을 쓰며 폭풍마라번검이라는 희대의 검법이 전해져 내려오고 있다.

후계자는 천자후로, 무공이 출중하며 머리가 뛰어나다.

천태악은 천자후가 되도록 외부에 드러나지 않게 꼭꼭 숨기고 있다.

4) 선우(鮮于)

가주 이름 : 선우강진.

가문의 성향 : 무공보다 치료를 하고 독을 다루는 데 뛰어난 문파지만, 그렇다고 무공이 약한 것이 아니다. 암기를 주로 다루며 교주에게 굉장히 호의적이다. 하지만 역시 권력에 대한 욕심 때문에 교주의 후계자 자리에 눈독을 들이고 있다.

무공은 독공이 대표적이며 만독환원공을 기반으로 하는 암기술이 뛰어나다.

후계자의 이름은 선우필로, 어렸을 때부터 독이 주는 매력에 흠뻑 빠져서 현재는 독에 관한 한 할아버지인 선우조덕과도 맞먹는다고 알려져 있다. 가문의 어른들 모르게 독인(毒人)이 되기 위한 수련을 하고 있으며, 재능도 있고 독에 대한 집착이 있기 때문에 그 성취가 남다르다고 한다. 게다가 때를 기다릴 줄 아는 침착함도 겸비하여 큰 인물이 될 거라는 평을 받는다. 누이동생이자 이화궁의 부궁주인 선우초린과는 철천지원수라고 해도 믿을 정도로 지독한 앙숙이다.

FANTASYSTORY & ADVENTURE

서명 판타지 장편소설

INTO THE DREAM

인투 더 드림

사는 세계도, 방식도 다른 세 남자가
엮어내는 몽환의 서사
꿈속에서 이루어지는 그들의 만남이
물리적 공간을, 시간의 질서를 뒤흔든다!

dream
books
드림북스

흑태자 판타지 장편소설

FANTASYSTORY & ADVENTURE

달과 그림자의 지배자, 이 세계에 떨어지다!
그림자 세계의 고귀한 황태자, 시슬란.
모든 것을 되찾기 위한 그의 행보가
천지를 뒤흔든다!

디크프린스

Dark Prince

dream
books
드림북스